U0022728

異域歲月

李效顏／著

異域歲月——李效顏長篇戰爭小說

一・再見吧！祖國

山巒環抱，夜色蒼茫，槍砲聲已隨著雨歇而停止多時了。但在王文正的耳膜裡，「格、格……」的機槍聲，仍從頭皮上飛過，在山澗裡迴旋、激盪……。「隆隆」的砲聲，仍在搖撼著大地。

他摸摸右小腿的繃帶、又濕透了！是雨水？是膿水浸濕的？他茫然了。

他知道在彈雨的追擊下，沒有受傷——只是絆了一跤，擦破了皮肉，比起跟著隊伍逃難的老百姓、弟兄們非死即傷的情形，他是太幸運了。不過因為「打擺子」太久掉了隊，又亂吃東西，見了水就喝，見了地上被丟棄的食物就吃，沒有好久，就染患後痢疾。好像時時要大便、時時鬧肚子，等到要解大便時，蹲了好半天，才「擠」出鼻涕般的一點大便來。

他同連上的炊事兵說：

「元通，你還是和吳班長一塊快些走吧，不然，被敵人追上，咱們一個也活不成呀……」

「排長，你怎麼說這種洩氣話！生死由命，富貴在天，別看我是個伙伕頭，我絕不能把自己的長官丟掉、自己跑啦……」

「唉！」王文正皺皺眉，痛苦地想坐起來，又被丁元通給按下來。

「不要動，排長，等吳班長排把山泉水回來，咱們馬上就走。」

「他……好久……才能……回來？！」

「快啦！快啦！」

丁元通彎著腰走出用枯枝、敗葉搭建而成的小棚子，向四下望了望，到處都是黑黝黝地，遠近的樹木，只是一些高高低低的輪郭，彷彿每棵樹的後面，都有敵人或野獸蹲伏在那裡，在窺探他們的動靜，隨時都會竄過來撕碎他們。

他望望天空，漆黑黑地，偶有閃亮的星星出現，他的心情也隨著開朗了許多。

「老天爺呀！半個多月的霪雨，對我們這些家破人亡的軍民來說，已經夠苦了！何必再為難我們！讓我們有幾天好日子，就可以到達越南、上船回台灣了！」

「誰？！」丁元通遠遠地聽到有枯枝折斷的聲音，他立刻蹲了下來，眼睛注視前方。手裡撿起挑大鍋的扁擔。

「還問！」對方有點生氣：「我的聲音都聽不出來嗎？」

「噢，吳班長。找到水嗎？」

腳步聲由遠而近，一個黑影站在丁元通面前：

「喏！這壺水找來不易，趕快給排長喝吧——喝完趕路，那邊就是敵人！」

「你怎麼知道？」

「不要問，趕快侍候排長！」

丁元通接過水壺、搖了搖，沉甸甸地。

在家鄉時，他從來沒有感到水的重要，要好多，有好多，只需兩隻水桶放在井裡、搖了搖、讓桶口向下，就可以汲得滿滿地、提上來。如今為了找壺水竟要花那麼長的時間、摸好遠的路；有時連一滴水也找不著，渴得人七竅生烟、心裡冒火。現在弄了一壺水，他好高興：

「這、太難為你了！」

「哎呀！」吳得勝有點不高興：「你趕快給排長喝了吧，還囉嗦什麼！」

「好，好……」

他立刻弓著身子，進了草棚，把水壺遞給王排長：

「有得喝了——滿滿的一壺水——」

「好、好……謝謝你們……」

他接著水壺，扭開壺蓋，把壺口對著嘴巴一仰頭，只聽「咕嚕、咕嚕……」響個不停。

丁元通搖搖頭，暗暗地感嘆著：

「好漢就怕病來磨！不久前，還是一位生龍活虎的小伙子，從湖南一路撤退下來，攻在前、退在後，被連長所器重。可是，一路上，損耗太大、槍砲彈藥沒有得到補充、又受了幾次『敵人』的奇襲，一團人倉促應戰，別的部隊被截斷，大家且戰且走，仗打完了，天亮後，人也沒有幾個人！唉！如果，當時大家能沉著點，何至於有今天的下場！」

他把自己的意思告訴吳班長。

「不是說瞧不起你，老丁，」老說：「平和年，你在連上蒸饅頭，燒稀飯差不多，談打仗，你還差得很遠呢！想想看：再能打仗的運隊，老是撤退，得不到休息，缺吃缺喝，一遇到情況，就沒心應付了……咱們不談這個！」

「起初，不是說到雲南、貴州去的嗎？」

「那裡的情況不穩，」吳得勝告訴丁元通：「所以上邊改變了計劃——向南走，其實，詳細情形咱也不清楚，上邊叫咱們怎麼，咱們就怎樣……」

王排長一口氣喝完了水，精神好的多了：

「多虧了你們二位照顧我！」

「大家都在患難的時候，」丁元通接過空水壺：「我看排長沒喝夠」

「不夠，我也沒辦法了。」吳得勝接著說：「『敵人』就在咱們的屁股後頭，大概他們也很累了，所以才沒追上來，要不然，咱們都要遭殃。我看咱們還是趁著天黑，及時趕點路吧！」

「我實在不願連累你們！」王文正嘆口氣：「扶著我都走不快，背著更不行！算啦！算啦……你們快點走吧！我、我……」

「那、那……」吳得勝雖然沒有揹著王排長趕路——都是丁元通一個人包辦的，但他要挑著那口大鍋，隨身攜帶的衣物、幾棵手榴彈（槍是老早被「老百姓」「保管」換得了幾件便衣），也夠煩人的。

「什麼那、那、這這的，」丁元通把話接了過去：「他娘的千山萬水咱們都過去了，好不容易走到這兒——馬上就要進入越南了，……不行，咱們還是『外甥打燈籠——照舊（舅）』——你挑東西，我揹排長，到了下半夜就好了。」

「這傢伙像隻『抓地虎』——人不高，又粗又短，但是渾身是勁！」吳得勝暗暗地佩服：「如果是我的話，老早被累垮了！僅僅這幾件衣物就夠累了，特別是這口鍋，還留著它幹啥？」

但是丁元通曾經說過：「啥子都可以丟掉，我當伙伕的就是不能丟掉這口鍋，將來大伙兒又集合在一塊，沒有了做飯的傢伙，我對連長怎麼交代？！」

「……這傢伙（大飯鍋）實在教人討厭！」可是吳得勝沒有說出來。

「怎麼樣？」丁元通催促了：「咱們可不能儘歇呀——趕路要緊！」

「趕就趕吧，可是排長能不能動？」

「丁元通……你們就別管我了！」

「排長，那怎麼行！」丁元通蹲了下去：「來，我扶你，先坐起來，然後你趴在我的肩膀上，其他的事，你就別管了。」

「排長，那就快點吧！」吳得勝也在催促著。

王排長遲疑了一下，丁元通把手放在他的脖子下面，就勢一帶勁，他立刻坐了起來。

「排長是不是有點頭暈？」

他沒有答腔，只是點點頭。

王排長忍了又忍，使勁地咬住牙，一任肚疼的衝擊，輕一陣、重一陣地絞通，比起右小腿潰爛的疼痛，格外使人難過。還有：每天三點多鐘當瘧疾發作時，那種寒冷的狀態——蓋上十條軍毯，還是冷得人渾身打哆嗦、牙齒碰牙齒、腳手縮做一團，還是冷得要命！可是，一旦寒冷的病狀過去之後，就渾身發高燒，穿一件背心還覺得熱、直到身子發汗——像用水潑的一樣，才會恢復正常。但是，已經落得痠軟無力、頭昏腦脹、耳鳴、舌焦、苦澀……，當這種瘧疾病發作時，那麼，痢疾和傷口的疼痛，又算不了什麼毛病了。

他攀著丁元通的脖子緩緩站起來，他覺得天旋地轉，胃口的清水向外冒、血液往下墜，他傷處脹得要爆炸，他渾身發抖，額頭直冒冷汗，也不願「吭」一聲。因為，他覺得自己是人家的長官，全身被伙伕頭揹著已經夠尷尬了，怎麼再讓病痛表現出來。

他非常敬佩「刮骨療毒」的關二爺。自己生場病、受點皮肉之傷算得了什麼！在丁元通的心目中，王排長是條漢子。一旦到了越南，遠離戰火，回到台灣，生活安定下來，不多久，就會恢復健康的。到那時，咱可要好好幹一場。

想到這裡，丁元通就勢把王排長揹在身後，用手托了托，這才邁開步子。

「吳班長，」他回過頭吩咐他：「其餘的東西，只好由你收拾了。別忘了大鍋呀！」

吳班長蹲下去把兩個小包袱撿起來，套在扁擔上，另一頭挑起了大鍋，把扁擔放在右肩上一使勁，卻感到火辣辣的疼痛。

「走哇！」丁元通轉過臉來。

「走、走……」吳班長的口音帶著痛苦。

「媽的，」他暗暗佩服丁元通：「這傢伙挑著大鍋走遍大江南北，由湖南到廣西，何止千里！難道他的肩膀是銅皮、鐵造的？我的肩膀沒磨幾天就破了皮了？！」

「下了山就是平地。」丁元通說：「到時候，我來挑一段路。」

吳得勝肩頭放件衣服，拉個騎馬式，挑起了擔子，試好位子，便跟著丁元通轉彎抹角走出了樹林。

空氣的濕度很大，油布雨衣，根本不發生作用，外面不下雨了，裡面的衣服卻還濕地、黏黏地，還有一股酸酸的汗臭味，令人噁心。

丁元通揹著王文正走在前面，吳得勝挑著大鍋和隨身的衣物跟在後面。他們藉著微弱的星光，順著往南行走的羊腸小道前進。山徑是石板砌成的，左面是大山，右面是陡削的山澗，路面又濕又滑，石有大有小，有高有低，他們跌跌撞撞的行走，揹人的人與被揹的，挑東西的人，都感到十分困難。

「吳班長，當心呀！掉到山溝裡，就別想爬上來啦！」

「我只一個人，沒關係。」吳得勝把挑子換在右肩上，警告丁元通：「萬一你要絆了一跤，嗨、嗨……留著大鍋也派不上用場了。」

「少貧嘴！」丁元通把背後的王排長向上聳了聳。暗想：「別說揹一個人，就是兩個人我也無所謂。他們總沒有兩麻包糧食重吧。」

王排長趴在丁元通的背上，緊皺著眉頭，右小腿的傷口在劇烈地陣痛，像刀割的一般。

「丁元通，把我放下吧？」

「排長，咱們再走一段路就休息。」丁元通四十歲剛出頭，自小種莊稼，老早把自己練成鋼鐵般的身體，在家鄉進城賣糧食，身挑兩百斤麥子、來回百十里的路程，在他如同家常便飯似地，根本不知道累是什麼滋味。可惜，身子矮了些，所以，鄉下姑娘都不願嫁給他。

但他的個性非常開朗。他說：

「這樣也好——沒有家累，自己吃飽了一家人都不餓。想來就來，想去就去，一個人多自在、多方便！如果，拖家帶眷的話，那可就慘了！就如同烏龜拴在雞身上——爬不能，飛也不能，那真是大饅頭憋在喉嚨裡——乾瞪眼了。」

單調的腳步聲，配合著「吱呀、吱呀……」的扁擔磨擦聲，左面的山巒已經落在後面了。石板路引導他們走上一條用粗枝編成的臨時便橋，走在上面幾乎要折斷的樣子。

「咱們該歇歇腳啦？」吳得勝在後面有點吃不消的語氣。

「好，好，」丁元通照例把背後的王排長向上托托：「喏，你看？」

「什麼？！」

「前面山坡上，黑糊糊地，好像有個小廟，咱們到那兒歇歇腳好了。」

「小廟？……沒、沒……沒有呀！」

「你的眼力好差勁，那不是？」

「奇怪！」稍稍等了一下，吳得勝還是不以為然：「你別看花了眼！」

「去你的！」丁元通有點生氣了：「那，你就跟著走好了，騙人是你的孫子！」

他發了誓言，吳得勝才閉住嘴。但他心裡卻不斷地滴咕：「前面山坡上一片漆黑，根本就分辨不出高低，他硬說有個小廟，他是故意安慰我，還是真有小廟，不妨走到上面再說吧。」

人走累了，連多走一步路都是極其困難的，何況一過了便橋走不多久，又是上坡，偶不小心，磨破了的膠鞋，露出的大拇指，一碰到石頭，真是痛澈肺腑！吳得勝挑著那口大鍋高一腳、低一腳地走上山坡，人已累得疲憊不堪，恨不能找到石塊立刻坐下來。

「丁元通咱們歇歇吧？」

「喂，那不是小廟嗎？」

「還有多遠？」

「馬上就到。」丁元通邁開大步，好像如走平路一樣。吳得勝恐怕距離拉得太遠，緊緊地趕了幾步路，突然「哎呀！」一聲。接著「砰擦」那口大鍋摔在石頭上，有碎裂的聲音。

「完啦！完啦！……」丁元通喳呼起來：「一連人吃飯的伙完啦！」

「我又不是故意的！」

「誰說你是故意的！」

丁元通朝前走了一段路，把王文正放在小廟的門口：

「排長，你先等一會，我去看看，馬上回來。」

「千萬不要吵呀！」

丁元通頭也不回地往來路上走去。

「他奶奶的，呸！」他真的火了：「俺挑著這口大鍋走過了好多省、大江大河都過去了，也沒出岔，剛到你肩上沒兩小時，就報廢啦！你是吃屎長大的，還是——？」

「姓丁的，你少囉嗦！」

「我囉嗦，你是飯桶！」

「你要怎樣？」吳得勝也不甘示弱。

丁元通沒開腔，腳底板卻加快了。

「媽呀……」

他放慢了腳步，一面傾聽著。

「媽呀！媽呀！……」

果然是小孩的哭叫聲，隱約地從山澗溝裡傳來。丁元通立刻停止了腳步。問吳得勝：

「你聽到了沒有？」

「聽到了又怎樣？」

「去救救小孩呀！」

「誰救我們呀？」

「你，你……」丁元通又火了：「你不是人！」

「伙伕頭，我摔了你的吃飯傢伙，還沾點錯。人家的小孩管我的屁事！」

「你就幫幫我的忙吧，」丁元通還是以直直的口氣：「這是一條命呀！」

對不起，我路上看得太多了……」他站起來，把包袱套在肩擔上，右肩輕鬆太多了。他自言自語地說給自己聽，也像告訴丁元通：「一路上被『敵人』追殺、截擊、腰斬，死的死，傷的傷，男的，女的，大人、小孩……哼，我比你看得太多了，你只是個伙伕頭，只會埋鍋、做飯，有個小孩哭叫一下，就動了菩薩心腸——」

「吳班長，我請求你！」

「我已經筋疲力盡，你的勁頭大，我可沒辦法。」

「你、你……」丁元通一轉臉身子矮了半截，只聽得腳踩滾石的聲音，不知他摔了筋斗沒有。以後就沒有了他的動靜。山澗裡不時仍喊出一聲聲「媽呀！媽呀！……」的慘叫聲，不知是人聲還是鬼聲，有點教人毛骨悚然！

吳得勝向前摸索了一段路，面前出現的朦朦朧朧的黑影子，細看果然是一座山神廟，有一人多高，還沒有家鄉的土地廟那麼大。

「排長，排長！」他一連叫了兩聲，沒有人回答。把他嚇了一跳。

他不由得蹲下身子看了看，斜靠著牆壁有半個身子，那不就是王排長。他推了推：

「排長，你睡著了？」

「老丁。」

「我不是老丁。我是吳得勝。」

排長是睡著了。還是被病痛折磨得迷糊過去了？山上特別陰濕、寒冷，該不會發生意外吧？吳得勝有些擔心，他雖然不是同一連的長官，但大家都是患難相處，還能說些什麼呢？

不過，在他的心目中，自己已夠委屈了——既不害病，又沒受傷，雖說自己也很勞累，但總比病得半死的王排長好多了，自己滿可以丟下扁擔，兩個包袱，撒手跑掉，不管他倆死活的。但是一想到不久以前，自己餓得眼睛昏花，好幾天沒吃一顆米飯、兩腿痠軟無力、倒在一塊巨石之下幾乎是奄奄一息，幸虧丁元通用冷水泡鍋巴把自己挽救過來，而且把人家當做救命恩人，怎麼現在就變了？變得「恩情」像朵浮雲，飄來飄去，幾乎要飛向天外。在手頭上的「自己」，起初只有針尖那麼細小，誰知吃了幾天飽飯之後，「自己」的影子卻越變越大，什麼「小同鄉」、「我們都是一個營的」、「我絕不辜負你們」、「為你們作牛、作馬都願意」……當初自己說過的這些話，怎麼就褪了色，漸漸模糊了、淡忘了。

「吳班長，丁元通那裡去了？」

王排長的聲音好微弱，吳得勝幾乎沒聽見。他蹲了下來：「排長說什麼？」

「唔……」他使勁地說：「我是問……丁元通他……他到那裡去了？」

「報告排長，」他湊近了他的耳朵：「他到山溝去啦！」

「我……我……好——冷！」

是的，排長被人揹著——沒走路，又半臥在冰冷的磚石上，當然抵不住寒冷。

吳得勝解開了包袱，拿出了兩件衣服披在王排長身上，順便摸摸飽包、已經癟了。

「糟啦！」他像觸電似問，暗忖著：「這怎麼辦？只有一點點鍋巴了，明天吃完了怎麼過法？！誰曉得到越南還有多遠？在國內討飯——當叫化子都不容易，到了外國，人家會拖捨？」

「老丁呢？」排長似乎又清醒點了。

「他馬上就來。」

「人呢？！」

「唔——」吳得勝把聲音拉得長長地，心裡也很著急：「他聽到山溝裡有小孩啼哭的聲音。」

「山溝裡有小孩？！」
「誰曉得。大概快回來了？」
大家沉默了。遠遠傳來了腳步聲。
「誰？！」吳得勝壓低了聲音。
「……」
「什麼人？」
「我要媽……」小孩的哭聲。
「乖，」是丁元通的聲音：「媽一會就來……」
他由遠而近，把小孩放在山廟旁邊。
「你怎麼半夜裡把人家小孩抱來？」
「他媽死了！」
「死了？！」
「是呀，」丁元通的語氣也很淒慘：「不然——」
「你這不是自找麻煩！」
「可是，他是一條命！」丁元通有點生氣：「我總不能見死不救呀！」
「我們都自身難保了！」吳得勝總是想著自己。
「你們不要說了！」王排長使勁地責斥著，但聲音還是軟弱無力。
大家又無聲了。

「哇……」小孩放聲大哭：「我要媽媽！我要媽媽……」

「再哭『敵人』就來了！」

丁元通這句嚇唬話真管用，小孩立刻停止哭泣了。

「這怎麼辦？！」吳得勝作難了。

「天無絕人之路，」丁元通告訴他，也像鼓勵自己：「你不要先為難。槍林彈雨咱們都過去了，還有什麼可怕的，咱們趕快走吧？」

「你們先走吧……」王排長低沉而抖顫的聲音，含著無盡的痛苦。

「那怎麼行！」丁元通一口給回絕了：「我們平時不能有福同享，但是有苦共嘗，這是可以辦到的。排長，我來揹著你，」

「小孩呢？」

「吳班長那就偏勞你了，」丁元通告訴他：「你捧了一口大鍋，添個小孩，一點也不吃虧——」

「哼！你還很會出點子！」

「不這樣，又有什麼更好的辦法？！」

吳班長的烟癮奇大，這些日子一口烟也沒吸過，真是心神不安，一歇下就覺得腳手無處放，總有一件大事沒有做，心煩，意亂，儘想發點脾氣。

本來，大鍋摔啦可以輕鬆些，這下叫他帶小孩，平時是可以接受的，如今，自己都在逃難，怎麼還會管得了別人的事，假使，孩子是自己的，或是親友的、鄰人的，也情可諒；分明是半路撿來的，給自己增加累贅，吳得勝老是覺得划不來！

「講話呀！」

丁元通老早不耐煩了，看他幾天前餓得半死的可憐相，一旦獲得了食物，那份狼吞虎嚥、恨不能連碗加筷子一下子就吞沒了，把碗底左舔、右舔——比水洗得還乾淨，教他做什麼事都做，好聽話。如今，有事想請他幫幫忙，就那麼差勁，真是——

「我在問你呀？」

「……」

「怎麼不開腔？」

「我又睏又累……」

「好，咱們就休息、休息。」

丁元通摸摸孩子的額角，有點發燒，人已經睡了，不知是驚嚇過度，還是太疲乏了？

本來，那個滾落在山澗溝的太太，是不該死的，因為保護自己的孩子，摔破了頭，折斷了骨骼，失血過多，一度昏迷了。也許做母親的任務未盡，當丁元通摸著黑暗，冒著摔死的危險，尋著孩子的哭叫聲到了她的身旁時，竟喃喃地講起話來：

「救救我的孩子！……救救我的孩子！……交給我的親人呀！……」

山澗裡特別顯得黑暗，看不清她的面目。從喊叫聲判斷，她不會超過三十歲，大概是河南和湖北交界附近的人。不用說也是受不了「敵人」迫害的老百姓，隨著國軍撤退南下的。如果，不是「敵人」的清算、不鬥爭，誰願意拋鄉離井、走上絕路！

「太太，太太！」他叫了兩聲，她沒有答應，只顧喃喃地說下去：

「小柱呀！……跟你……奶奶去吧！……」

她使勁說完最後一句話，再也不動了。

「太太！太太！」他搖幌了她幾下，還是沒有反應。孩子竟拉緊了他的手，就勢躲在他的懷裡叫著：

「媽呀！媽呀！……」一聲一聲地低沉下去。

「誰是他的奶奶？」丁元通站起來，順著來的方向，一手摟緊了孩子，一手攀著葛籐、小樹、爬上山坡……

他不曉得剛才那肢神奇的力量從那裡來的。

眼睛發澀，骨節痠痛，他好想睡一覺。可是冰冷的石塊，不知何時起了山風，附近的荊棘，野草，怪石，都發出凄厲的響聲，令人發抖不已。

「歇夠了嗎？」

「……」

「喂！」丁元通提高了嗓門：「該走啦！」

「好睏啊！」吳得勝揉揉眼皮。

「咱們下了山，找個地方再歇吧。」丁元通問吳得勝。

「你是願意抱小孩？還是揹排長？」

「唔——」吳得勝似乎還在迷糊著，把尾音拖得長長地。

「快點做決定！」丁元通把小柱交給吳得勝。他未發一言，拾起了扁擔、包袱，抱住孩子，在等丁元通走在前面。

「老丁，」王排長擠出一絲喊聲，像頭癩貓。

「排長！」丁元通有點驚奇，本來他想問問他的聲音都變了。轉念一想：多此一舉。便改口平靜地問他：「咱們走吧？不、不……我還是揹著你。」

「不……」

「為什麼？」

「我……要……換條……褲子……」

「換褲子做啥？」

「唉……褲襠裡……有屎……」

「噢！」丁元通想起了排長得的痢疾。

他趕快解開了包袱，拿出了一條單褲，先用髒褲替排長處理乾淨，才換穿了。

四個人一揹、一包，離開了山廟，天色已屆黎明了。輕烟似地霧團，一層層地、一片片地從頭上飛頭，風從樹林裡捲過來，令人不勝其寒。

「有人說，」丁元通暗想：「南方是最暖和的——穿一身小褂褲就可以過一冬，為什麼還是這樣冷！冷得人儘打哆嗦！早知是這樣，沿途丟的棉衣、毛衣、毯子、什麼的，隨便撿一些也不致受凍的。」

青石板引著他們走了下山坡，拐了不少的彎路，進入了墨黑的森林，走出了森林，天已經大亮了。

橫在面前約三里之遙的，是一條由東向西的河流，河流的那邊，又是起伏的山峰。那腳下有炊烟四起。

「看著沒有？」丁元通高興地問吳得勝。

「那不是村子嗎？」

「咱們過去吧。」

「先打聽打聽再說。」這下吳得勝有了主張。

「向誰打聽？」

「那不是有幾幢草房嗎？」

丁元通順著吳得勝指的方向，朝右前方約兩百公尺竹林的旁邊看了看，果然有幾間茅草房。

「對、對，」丁元通十分高興，把背後的王排長向肩上聳了聳，腳下馬上有了力氣。

兩個人離開了小路，過了一條小河，順著河堤，一下功夫就走到了竹林旁邊。正好有位老先生是農人的打扮，在蹲在地上向上打量著什麼。

他聽到有腳步聲，馬上轉過來，站起來。

「老伯早。」丁元通先打個招呼。看老先生不動聲色，便接著問：

「此地有沒有『敵人』？」

老先生還是沒開口。吳得勝恐怕當地人不懂外地人講的話，便一個字一個字告訴他：

「這——裡——有——沒有——共軍？」稍稍等了一下，接著他指著南方：「我們——要——到——越南——去——」

老先生轉過身去，不多久，有個十多歲的小孩走出來。

經過小孩的翻譯，他們才知道對面就是北越的「峙馬屯」。

這些日子陸陸續續有幾萬人——有軍人，有老百生、公務員、有傷兵、病人……都過去了。

「他們繳了械，法國人就准許中國人回到台灣去。」

「排長！排長！」丁元通高叫起來：「你聽到了沒有？」

王文正點點頭，兩行熱淚泊泊地流出來。

「排長，你應該歡喜才對。」

「老丁，一路上太辛苦了你！」

「那裡話！」丁元通把他放下，整整束腰帶。問小孩：

「我們可以借用鍋灶，燒頓飯嗎？」

老先生點頭、擺手，示意他們可以進入草房。

吳得勝把小柱摟得緊緊地。他告訴丁元通：

「這孩子的命可真大啊！」

「吃了早飯，好久動身？」排長也提起了精神。

「排長，後有追兵，咱們愈快愈好——大概上午就可以進入越南。能找到咱們的部隊就好了！」

二・剛離龍潭、又入虎穴

丁元通揹著病號王排長，吳得勝抱著小柱子通過了隘店，到達了越南的峙馬屯小村庄，就受到法軍人員的搜查，到諒山辦理登記、檢疫，發給每人一張小卡片，登上軍用卡車，在法軍荷槍實彈的「保護」下，第二天，就到達了「中國軍民臨時收容所」。

「這是什麼地方？」丁元通睜大了驚奇的眼睛，詢問接待人員。

「宮門。」

「不是說把大家送往台灣嗎？」吳得勝也問他們。

「上邊正和法軍高級人員交涉著。」對方是個四方口、細眉、細眼，頗為慈祥的樣子，北方人的口音。穿著一身破爛衣服，不知是軍、是民，倒像個叫化子。名字叫做蔡士心，是個中尉排長，看上去在三十歲左右：

「我是為你們安排傷、病的。有事就找我。」

「謝謝你，」

「沒什麼。」他微笑地告訴大家：「咱們都是難兄難弟，同病相憐！來，我給你們介紹這位特務長李上尉——李子健。」

「你們的吃、住、雜務，找我。」李上尉說。

李上尉瘦長臉，皮膚細白，中等身材，談吐斯文，右下巴有顆黑痣，從痣裡長了一撮黑毛，特別長。看穿戴，也和乞丐差不多。

「這位是病號？」

法軍的汽車開走了。李上尉看看坐在石板上的王排長。

王排長長臉、高顴骨，眼睛卻顯得特別大，一頭的亂髮，鬍子多長，一身破衣服，上邊露肘，褲子爛得「空前絕後」，褲腿角給拉著破穗子、左腳像烤焦的乾板鴨、右腳紅腫的像發麵饅頭。

「喂！」李上尉平靜地詢問：「他受傷了，可能傷口還生蛆，過來吧。」

「怪不得，」丁元通告訴自己：「老聞到腐爛的怪味！好像到處都有死狗、死貓似地！」

「他不能走。」吳得勝插了一句。

「那，他怎麼來的？」蔡士心反過來問他。

「來，來，我揹，我揹……」丁元通問李上尉：「你先走在前面吧。」

「這怎麼還有個小的？」

「這是丁元通的兒子。」吳得勝順口溜了出來。卻被丁元通斜了一眼。好像要罵他：

「好小子，你怎麼把別人的兒子當成我的？」不過，他心裡有種甜甜的感覺：「真的，如果是自己的兒子有多好！圓圓的小臉蛋、小嘴巴、一對淡淡的小眉毛，烏溜溜的大眼睛，連小胳臂、小腿、小腳鴨，都是可愛的。如今，沒爹、沒娘，我可不就是他的老子！我把他帶到台灣，教他上學，這孩子大難不死，說不定將來會有大福、大貴……咱該多開心！」想到這裡，竟情不自禁的笑起來。

「怎麼，你滿開心嘛！」吳得勝有點吃醋。

「不開心我還要哭嘛？」丁元通撇著嘴，看了他一眼：「沒娶媳婦、沒生兒子，就當爸爸，還不開心！」

由蔡士心帶路，大家朝前走了一段路，有十幾個法國兵在打樁，造營門。營門兩旁向外延長下去，正在扯絲網。網裡面有一片不小的平原。平原的三面，都是兩三百尺高的小山環繞著。東面三里以外，便是浩瀚的大海。在這片平原上，已經搭建了不少的布蓬，少說點也有千多個。有大有小，也有用白布、花布、被單，用竹竿撐起棚子，很少是軍用的帆布棚。儘管布棚的大小不一，但縱橫、前後都有條不很規則的道路。相信在這裡住不久，誰願意在這裡花下太多的功夫。

李子健吩咐蔡士心把王排長送到「第一醫療大隊」。又告訴丁元通：「等下回到這裡來，辦辦手續。」

他順著李子健的手勢，看看斜對面有個較大的帳棚，門口掛個牌子，不知上面寫些什麼。進進出出的人很多，一個個蓬頭垢面，每個人的軍衣，都已破爛不堪。在人群裡也有大人、小孩、婦女……

丁元通從前看過不少難民，也都穿得整整齊齊的，不像他（她）們穿得那麼破舊。

「吳得勝，你先帶著小柱辦手續吧！」丁元通把背後的王排長向上托了托，跟在蔡士心後面，走過一段高高低低的布棚子。
「看著沒有？」蔡士心指著右手的一個破爛棚子。
「就是這裡？」
「進去吧。」
丁元通進去一看，心裡涼了半截！
裡面沒有一張病床——百十號人，都是打的地舖，地面的乾草已經發出陰濕的霉臭味，還夾雜著傷口的腐爛味，有的哭、有的叫、有的翻來覆去，呻吟不已！
「醫生呢？」
「你把他放下就是了。」
丁元通好不容易找個空隙，把王排長放下：
「排長我辦好了手續，就來看你……聽著嗎？」他看排長沒有反應，便提高了嗓子：「我一下就來！」
他似乎醒轉來，睜睜眼皮又合上了。
丁元通看他骨瘦如柴、失神的樣子，不忍離去。
「噗、噗、拉、拉……」王排長似乎有大便的聲音。
「喂！喂！你怎麼拉在舖上！」
「給我打！給我打！……」另一個病號也喳呼起來：「媽的，外面就是便桶，這麼不自愛！」

「把他拉出去！把他拉出去！餵狗……」
「……」
病號們你一句，我一句，都在起鬨。
丁元通看在眼裡，不由得從喉頭冒出火來：
「這不是欺負人嘛！我看哪個敢動手？！」他捲起了袖子，豎起了眉毛，眼睛睜得像周倉。
「喂，喂……」蔡士心過來打圓場：「大家都是自己人，何必！……」
「誰同他是自己人？」丁元通越說越有勁：「他比『敵人』還兇！不服氣的，就過來較量較量！」
「大家都是家破人亡的人，不是受傷，就是害病，」蔡士心打著圓場，倒是滿會說的：「大家的心情都不大好……嘿嘿！要原諒一下！……」
「哼！」丁元通軟化了語氣：「咱不是剛進門就吵架，因為他們欺負人嘛！」
「好啦！好啦！」蔡士心拍著他的肩膀：「大家都不吭聲了，你老兄也少說一句吧。」
當時，果然帳棚裡鴉雀無聲。丁元通覺得好笑。有時發點脾氣還真管用。一路上光是跑、跑跑跑，跑得什麼都丟了，我不相信「敵人」都是三頭六臂、吃了豹子膽長大的。——他們也是血肉之軀，為什麼咱們不好好幹一場，老跑個啥呢？
說是「保存實力」，這可好！把所有的武器都交給了法國兵，連刺刀、手榴彈，都給搜了去。
丁元通發完了火，想把排長的髒褲子拿出來洗一洗。

「不必了，」蔡士心把他攔住，告訴他：「我們有看護人員，這邊的事你別管了。」

他回過頭來，看看王排長，他似乎失去了神智，好像在昏狀態中。

臨走時，丁元通搖搖頭，心情沉重：

「怎麼落到這種地步！」他喃喃地說：「辦好手續，我一定回來看你。」

三・難兄難弟，共度難關

雲層很低，一點風絲也沒有，好悶！好熱！根本有一點冬天的氣息，伙食房的蒼蠅真多，鍋台上、切菜板上、籮筐裡、放餐具的地方……到處都是黑鴉鴉地，彷彿一巴掌就可以拍死好幾十。

午飯之後，想打個盹，剛一蹲下，那些死討厭的蒼蠅就成群結隊地，在人的臉上、眼角、嘴角、胳膊上、腿上……到處飛來飛去，一巴掌把它們攆跑了，馬上又飛了回來，好像也知道人的心理，只是拍拍巴掌，虛應故事而已。即使一把逮住好幾個，活活把它們摔死，也無所謂，反正它們多的是。

丁元通在家鄉恨敵人，使他們無法過著太平的日子，吃糧當兵之後，前幾年是找敵人打，到了卅八年下半年之後他們沒來就撤退，說是「保存實力」，結果，比蒼蠅更討厭的「敵人」，往往在三更半夜裡打了過來，還不知他們是個黑的、白的，就倉促地撤退了！

他搖搖頭，把廚房的活都安排好了，拿著幾件洗好的衣服，提著個罐盒，領著小柱子：

「咱們去看王排長。」

「是不是生病的王叔叔？」

「是呀！」丁元通睜大了眼睛：「柱兒好機靈，所以人人歡喜你。」

「乾爹，」小柱向上望著丁元通的面孔：「這盒子裡是什麼？」

「肉湯。」

「什麼肉湯？」

「……」丁元通不好意思告訴他是狗的內臟，便說：「肉湯就是肉湯，問這幹啥？」

爺倆說著就到了。

「丘叔叔我乾爹來看你了！」

小柱兒一溜烟地跑進了第一醫療大隊的帆布棚。找到了王排長。

他剛吃了藥，正想睡下，又坐了起來。看見柱子站在面前，面孔上擠出了一絲笑容：

「你乾爹呢？」

「在後面。」他好高興的回節：「馬上就到。」

「唔，謝謝你來看我。」

「我乾爹給你送肉湯！」

「肉湯？！」

「真的！一大盒！」

丁元通從熙熙攘攘的病號群裡擠了進來，蹲在王排長的地舖旁邊，放下衣服、湯盒，一看

排長坐在那兒，非常高興：

「排長，你好多啦！」

「這還不是托你的福！」

「排長，你——」丁元通使勁地拍著大腿：「你這教我怎麼說呢！……」

「伙房的事情都弄好啦？」

「怎麼能弄得好哇！」丁元通裂開了大嘴，露出兩排黃牙，鬍椿子倒像兩把銅刷子。

他告訴排長：

「在大陸上那時候，鍋是鍋，灶是灶，要啥有啥，燒的、用的、樣樣齊全，如今哪，」他左手在鬍椿上摸了摸，右手習慣地向外一甩，眉毛幾乎擠成一團：「他奶奶的，汽油桶，都當了大鍋，沒有灶，就在地上挖個坑——」

「唔！很難燒吧？」

「可不！」他把眉毛散開了，像個大晴天，笑了：「想不到排長對燒火很內行？」

「我是瞎猜的。」

「猜的對！猜的對！」丁元通的唾沫豆子橫飛：「哈、哈……他奶奶的，小火不管事，大火燒不著——老冒烟！弄得死一把、活一把，到後來，別人都說：『熟啦！熟啦！』」他用右手搗住半個嘴，小聲地問排長：

「你說『熟了』沒有？」

「唔，」他換了個姿勢。

「排長累了吧？」丁元通很慎重地像前探了半個身子，聲音很低，眼睛帶著期求的神情。

「不累！不累！」排長露出很難得的笑容：「打擺子已經好啦。」

「痢疾呢？」

「沒事啦！」

「咦——那真是謝天謝地！」丁元通很嚴肅地：「排長，不瞞你說：「那天，我把你放在這兒，真是『頭頂冰、腳踩著雪——涼透啦』——能活個對時、不向酆都城（陰間）報到才——」他自知說溜了嘴，趕快把個「怪」字，給嚥了回去，不好意思地「嗨、嗨、呵、呵……」了一陣子，右手回過來把頭摸了一下，忽然想到：

「剛剛扯到那裡了？」

「你不是問我那鍋飯，做『熟了』沒有？」

「對，對，他奶奶的，那鍋飯的下邊，不光熟了，而且熟過了頭——焦了！黑了！上邊的飯，他奶奶的，正好相反——還生得很！有人吃了一口，要揍我！問我：『當過伙伕沒有？』」

「我說：『你要找岔？！』」

「他說：『你嘗嘗！』」

「我說：『你不能怪我——汽油桶能燒飯，誰要大鍋？』」

「那傢伙沒等我說完，就把生飯蓋了過來！」

「沒打著！沒打著！」小柱子正在玩地上的鐵盒子，不知怎的插進來兩句話，也許別的病號同他鬥鬼臉、丟貝殼，他只顧格格地笑著，老早把別的事忘了。

「是的，他沒有打著我，我的一根燒火棍掄過去，把個小子打得直叫娘……」

排長的嘴巴朝外撇了撇，想笑沒笑出來，旁邊的一位病號開腔了：

「老兄，可不可以留點明天說？」

「唔……」老丁有點不好意思，急忙陪著不是：「對不起！對不起！……」用一些汽油隔成的發藥處，老是鬧哄哄地。

「怎麼老是這種藥？！」

「又是消炎片？」

「還是沒有別的藥？」

「法國人不是保證國軍官兵同法國兵同等待遇嗎？」

「騙人！怎麼搞的嘛！」

大家七嘴八舌的亂嚷嚷……。

「怎麼沒有人出來解釋一下？」丁元通有點不以為然。

「門口有佈告，有解釋的。」

「誰看佈告！」丁元通兩手一推，兩隻眼睛斜楞著：「跟我們那邊一模一樣，好像我姓丁的尅扣大家的軍糧一樣！法國人只給五百格蘭姆的米──沒有我們從前的一半多，副食費又少，老是臭魚、壞罐頭，我有啥法？！」

「喂、喂……」剛才那位病號又說話了：「能不能少說點，先生？」

「能，能，……對不起，」丁元通自知理屈，趕快壓低了嗓子：「排長，肉湯涼點了，喝下吧？」

「你那裡弄的這玩意？」

「當伙伕總比你們病號有辦法。」

「唉！真難為了你……」

「說這些幹啥！喝下可以治夜盲病。」

「真的？！」王排長有點奇怪：「那一定是動物的內臟嘍？」

「呀！排長，你怎麼知道的？」

「這是常識。」他有些感激：「這些東西不好弄到手的！」

「管它這麼多，」丁元通已經打開了蓋子，大家好幾個月都沒有聞到這種熟悉而又陌生的肉味：「趕快喝了吧。」

「嗯！」剛才阻止丁元通講話的病號，突然被這股冲鼻的肉香，給誘導出極濃厚的興趣，而且把面孔轉了過來。把丁元通嚇了一跳！

蠟黃的臉、腫眼泡，一點血絲也沒有，兩隻腳卻肥得像發麪饅頭。

上次王排長一進門就喊「打」的病號，看起來比他強得多了，沒過三天就被送西北角的大墳場「報到」了，這傢伙的命真長！

「我也要喝一口！」腫眼泡終於開腔了。

丁元通看看王排長，他不加思索地說：

「大家都是難兄難弟，沒問題。」

腫眼泡眼睛還沒張開，像枯樹枝的黑手指已經伸了出來，在探索著。

「同志，稍稍等一下，」丁元通看了王排長一眼，希望「自己的人」先喝，便告訴他：

「下邊都是稠的，給你留著哩。」

「謝謝！謝謝！」這下，腫眼泡是喜出望外。

王排長大約喝了小半盒，其餘都遞給了腫眼泡：

「這都是你的了。」

「謝謝、謝謝，」他接過由罐頭改製的鐵盒，仰起脖子朝嘴裡倒，稀的、稠的，都吃完了以後，就用舌頭去舔，恐怕用水沖掉了太可惜。

「當心呀！」丁元通提出警告：「破鐵皮會刺傷了你的舌頭！」

他沒有功夫回答，只是一面舔著，一面敲打著鐵罐頭，引起了大家的興趣，有的病號，睜著大眼偎了過來。

「好啦！好啦！……」丁元通催促著：「裡面連點碎渣也沒啦！下次我多煮點給你。」

「好，好，謝謝……」腫眼泡心滿意足地倒下去，不時把舌頭伸出來舔嘴唇。

小柱子看著兩眼出神：

「乾爹，」他小也告訴丁元通：「這人好像叫化子！」

他含蓄的笑一笑。摸摸小柱子的頭，左手提著小鐵桶，右手把兩件衣服交給排長：

「這都煮過了，不會再生蝨子。把舊衣服換下來吧，我再煮幾次，蝨子就會絕種了。」

「唉！」王排長嘆口氣：「不會絕種的！光是你我少數人消滅蝨子是不行的！」

「那怎麼辦？排長！」

「要全面實施圍剿——」

四・如煎似熬、火上加油

「宮門」營區經過成千上萬的軍民的合作，對蝨子、蒼蠅、蚊子來一次澈底的「圍剿」之後，已經好多了。

營區裡十多個伙食房除了做飯之外，就是不斷地燒開水煮衣服、被子、褥子面，大人的、小孩的、婦女的，無一件「漏網」。閒暇時，再也看不到弟兄們三個一堆、五個一堆在捉衛生蟲。

蝨子是消滅了，蒼蠅也減少了，可是成群結隊的長嘴蚊蟲，頗有變本加厲，越來越多之勢。每到黃昏之後，布棚裡外都是蚊蟲，耳朵裡總是有大一陣、小一陣的「嚶嚶」之聲。有人說：

「這是法國人的交響樂團。」

「這是胡志明的游擊隊！誰要沒有蚊帳，可就倒了楣啦！」

軍隊的蚊帳老早在節節撤退中丟棄了，而且是些夏天用的東西，誰願意在疲勞過度的情況下，多負荷一兩重的東西。義民們的蚊帳更是少之又少。法國兵答應要「補充」的，也和醫藥、食物、蔬菜「補充」一樣，只是「畫餅充飢」，而且大家都把最大的希望，放在「返台」上，所以對物質的匱乏，一再忍耐，咬住牙、束緊褲帶在引頸而待。

十多天的霪雨終於停止了，義民們都忙著曬衣物，清掃布棚裡外的垃圾，有的則在縫補衣服。

「何奶奶，我來幫幫忙吧？」

何奶奶直起腰桿，隔著老花鏡向背後看了一眼：

「唔，吳班長，請坐！請坐！」

吳得勝覺得好笑，裡面沒凳、沒椅，上次託何奶奶在短褲頭補了兩塊補釘，給她送來兩個空鐵筒，才算有了「座」。

「何大嫂子呢？」

「唔，你說淑惠？」

「是呀！老太太，妳真有福氣，」吳得勝在沒話找話說：「人漂亮，又賢慧……噯噯……真好！……咦，人呢？」

他的眼睛的溜溜地亂轉，在到處搜尋著。

老太太花白的頭髮，打個結。滿臉的皺紋，面頰已經下陷了，大概因為口腔的牙齒大半都脫落了的關係，但精神還不錯，人長得小巧玲瓏，背有點駝，說話的聲音總是非常柔和親切的。

她把衣服曬在外面，把地面的舖草，一根根地撿起來，紮成把。

「喏，那不是淑惠回來了！」

淑惠提了半桶水，頭臉汗涔涔地，一看吳得勝坐在布棚下面，她就轉過臉去。

吳得勝立刻站了起來，嘴巴一裂，就笑了起來：

「大嫂子，我來幫妳提吧？」

「謝謝，不用啦！」她頭也沒有抬，當吳得勝走出來，她立刻轉了進去。用手帕擦汗。水灑了一地。

「慢慢來！慢慢來……」他又跟著進來：「妳們這是準備吃的？還是用的？」

「……」淑惠沒有答腔。

老太太卻接了過去：「這裡的水又混，又鹹還帶點苦味……所以，大家生病的人很多！」

「唔，那好辦，下次我替妳們拿點白礬來，放在水裡攪一會就清了。」

「唉！」老太太嘆口氣：「那還是不行。總是沒有家鄉的水好——清涼甘甜，舀點井水就可以喝，不像這裡的水又髒又臭！」

「快啦！快啦！一回台灣就好了！」

「真的？！」老太太睜大了驚喜的眼睛。

「可不是？！」吳得勝站了起來，眼睛使勁地望著淑惠，想找她搭訕，可是，她總是躲避著他的眼神，故意找點活做，就是不願理他。他還是故作不在意的樣子說下去：

「法國人說的，少則半月，多則一個月，兵艦來了就可以馬上上船。」

「可是，已經差不多兩個月了！」

「所以，大家都說快了。」

「唉！」老太太洩了氣：「只好聽天由命吧！」

「老太太不要難過，我會幫妳們的忙，如果再不走，我替妳們蓋草房。這種布棚子怎麼可以長久地住下去！好人也會變成病人的。」

這裡都是些亂七八糟的布棚子，用竹竿支撐著。四個角用繩子捆著，再用石塊壓住角，晴天裡面太熱，下雨天裡面下小雨，一陣風吹來，什麼就完了。大家都吃不好、住不好，就是生病容易，營地西北隅的一片空地上，前面插個四寸寬、一尺多長的木牌的墳墓卻越來越多，因為沒有棺材，凡是死去的人，一律裹以草席，由於埋得草率，老是在烈日颱風的日子，一陣陣腐臭味吹來，令人不寒而慄！

有些人提心吊膽的過日子，常常疑心生病，而且生病的人的確很多。

吳班長常常到老太太家走動，使她得到不少安慰，也壯壯膽子。

「我們老是麻煩你，真是不好意思。」

「嗨！老太太，妳這就見外啦！」吳得勝高興地把袖子捲了起來：「我還不是麻煩你們的地方很多！」

「針線活算不了什麼。」

「唔！」他故意把眉梢挑得高高地：「在我來說，那就一點辦法也沒有！」

「哎唷，老吳呀，」一個廿多歲的女人突然出現在布棚外面。屁股大大的，腰窩裡像個軟麪棒似地，在那裡搖呀扭地。瓜子面孔，紅紅小嘴唇，單眼皮，大眼睛，含情脈脈地望著吳得勝：「別人沒辦法我相信，如果我們吳大班長沒辦法，我才不相信哩！」

她的語音拉得長長地，軟綿綿地，含有甜中帶辣的味道。

「妳怎麼也來啦？」

「吆，」她立刻換了一副很正經的面孔：「只准你來，不准我來呀？」

「坐，坐，」老太太站起來指著座位：「進來坐！……」

她根本沒加思索地走進來，一屁股坐在鐵筒上，好像理所當然的樣子，她把右腿放在左腿上，兩手抄在一起，摟著膝蓋。

淑惠低著頭，斜斜地瞄了她一眼。她卻一點也不在意。

「唔，」吳得勝只好站起來替老太太介紹：「她叫金花——對大家都很好，專門替婦女義胞服務的。」

「唔，那好，」老太太點點頭。

「喏，」他指著坐在地舖的石塊上做針線活的淑惠：「她是劉小姐——噢，何太太，老太太的兒媳婦，」

她們互相點頭示意，並沒有講話的意思。

「唉！」吳得勝好像很感慨地說：「——他們在家鄉都是有頭有臉的人物，」

「嗯……」金花似乎沒聽進，根本就是稀鬆平常的事，大家的命運都一樣，遭遇的大致相同，而且是已經過去的事，談來談去也沒有用，你哭也罷，叫也罷，發愁上吊也罷，……都沒有用。問題在於以後怎麼辦。

她去過第二、第三收容所，一個在蒙陽，一個在來姆法郎，那邊的人數也有兩萬多，大家都在苦撐著，已往的命運都一樣，只是逃來的番號不一樣，入境的地點由雲南到廣西，凡是與越南接壤的地方，就是大陸的義胞，軍人攜械衝過來，其結果只有一個，繳了械、換張入境的半飢餓飯票。再嘛，就是用鐵絲給圍困起來，外加法國兵或摩洛哥傭兵在鐵絲網外面處眈眈地來回監視著。

「他媽的，我們不是囚犯！」

「我們不是俘虜！」

「我們也不是叫化子！」

「我們要求人的待遇！」

「……」

凡是稍有自尊心的軍民，都被這種非人的、「不友好」的待遇激怒了！

於是，每天都有三、五十人，甚至一、兩百人集合在鐵絲網裡面，向法國人示威、吼叫。有時，把法國兵惹煩了，便舉起槍來，向頭頂上「砰、砰……」開了幾槍，大家又不得不散開來。

金花「格格」地笑了。笑得那麼爽朗，好像看一般熱鬧似地，不管自己的事，頗有點「你們活該」的意味，這不是「自找沒趣」嗎？

她說過：「千不該，萬不該，以前光見屁股——沒打照面，就背著槍跑啦！『八路』也樂得。現在向法國兵要自尊心，已經太晚了！」

「妳找我有事？」吳得勝終於問她了。

「沒有事就不能找你嗎？」她斜著眼看他，就那麼含含蓄蓄地在嘴角上掛著微微的笑容。

「好，咱們就走吧？」他站了起來。

「你們再坐會嘛？」
「以後，我會常來的。」吳得勝出了帳棚，右手揚得高高地。
金花沒吭聲，只是回過頭來笑笑，手掌輕輕地擺了兩下，就漸漸消失了。
何太太轉身回到帳裡，沖著兒媳婦說：
「我看妳老是不高興？」
「高興不起來。」她抬起頭來，放下了針線活，現出一臉的憂怨。
「淑惠，人在屋簷下，怎能不低頭！一家人，只剩下咱們兩個人。文良帶著妻兒，下落不明。文華當上連長之後，只回家看過妳一次，說是『不久，把妳接出來。』可是，他的部隊換防，家鄉淪陷太快，就失去了下落。現在我們身上一點值錢的東西也沒有，都全被『土匪』給搶去了，唉！……」
「媽——」
老太太擦擦眼角，看了看淑惠，稍稍停了一下，便改變了話題：
「其實，吳班長人也不壞，對我們照顧很多。替我們搬離那個人口複雜、晝夜啼哭、叫嚷不休、吵鬧不停的大帳棚，替我們到處打聽親友，又幫妳介紹職業，將來，還準備給我們蓋房子——」
「媽！我們不要！」
「？」何奶奶立刻驚奇了：「為什麼？」
「他是個壞人！」

「噢？！」老太太有點摸不清頭腦。
「媽，妳看到金花右手的戒指沒有？」
「戒指？唔，我的眼睛究竟不行了。」老太太嘆口氣：「怎麼談到戒指？」
「媽，妳這還不明白？！」
「唔——」老太太皺著眉頭，看著地面，地面是潮濕的總是帶有幾分海腥味和腐爛的臭味，好像死貓、死老鼠就在附近，找也找不到，就教人噁心、頭痛、厭煩，她終於接著說：「我是不明白！」
「唉！」淑惠低下頭來，無意地折弄著衣角。老太太在等著她的解釋：「有一天，媽去看病，那個死鬼就闖了進來，要我替他縫衣服，他——」
「妳替他縫了沒有？」
「——縫——了！」她緋紅著臉，輕輕地點頭，含著無限的嬌羞：「可是——」
「他欺負了妳？！」老太太這才意會出來。
「……嗯，」她從鼻孔裡很困難地發出來，接著猛然抬頭：「冷不妨他竟摟緊了我！要我和他『好』！我拼命地掙扎，他給我一隻金戒指，我也不要，他沒辦法只好走了，現在那個金戒却戴在金花手上……」
她轉過臉去，掏出了手帕，摀緊了面孔，背部劇烈地顫動著……。
「怎麼這些話，好像以前妳沒有提過？」
「……」她使勁地擤著鼻涕，不斷地擦拭眼淚。

「唉！孩子……」老太太感嘆著：「我一直被蒙在鼓裡，妳應該早些對我說的。」

布棚下沉默了片刻，

「噹、噹，噹……」突然從西南草棚區傳來了敲打大小罐頭空盒、空桶的聲音，一聲比一聲響、一聲比一聲急，敲得人心惶惶，不知有什麼事情發生了。

「什麼事？！」

「誰曉得！」

大家都跑到外面觀看。

「失火了！」

有人高聲喊起來的同時，大家也都看見了西南面的黑烟滾滾地吹過來，令人惶恐不已！

「救火呀！」

「看什麼？——趕快救火去！」

許多大人、小孩，有的提著水桶，有的用罐頭皮改製而成的臉盆，也都排上用場，大家都往冒黑烟的地方跑去。

也許風勢較大，也許臨時挖的井水太淺——供水不及，濃煙一直不見減小，而且向四面八方蔓延開來……

有人發愁、有人跺腳、有的哭、有的叫，有的……

「這是老天爺懲罰大家！」

「對這些家破人亡的人，打擊太大了！」

「老天爺！我們受的罪還不夠嗎？！」

有人「噗通」一聲跪了下來，雙手合十，默默地流淚……

五・患難見真情

那次，無名的大火，幾乎把所有的茅草房子燒個精光，連大型的軍用帳棚也無法避免，所剩下的，就是何奶奶那一帶的小布棚了。

事後有人分析起火的原因：

「燒飯的餘火沒有好好處理！」

「自炊的人家太多，有一家不慎，就大家遭殃啦！」

「說不定咱們裡頭潛伏著『壞蛋』哩！」

「……」

丁元通插著腰，却力排眾議：

「別他娘的疑神見鬼啦！」他把鼻子「哼」了一聲，就爽朗地大笑起來：「在家鄉就沒失過火的？！那該怎麼個說法？——是不是？而且，每幢房子裡又沒有一樣值錢的——都是些又臭又髒的破衣服，燒就燒掉吧！」

「可是，如今連又臭又髒又破的衣服也沒有啦！」吳班長就有點不服氣，他從人後面走了過來，兩隻手叉在胸前，面孔刮得精光，短袖、短腿的褲褂，布條子打的草鞋，豬鬃般地胸毛，惹眼地袒露出來。好像什麼事也不在乎，什麼事都不放在眼裡。他的那付樣兒，明明地就告訴人家：「一切聽我的，不然咱們就比劃比劃，怎麼樣？」

「呀！吳班長，」丁元通陪著滿臉的笑容，向前走了半步，從耳朵上取下半截香烟來，遞給他，順手擦燃了火柴，湊了上去。吳得勝半眯著眼，歪著頭，使勁地吸著烟，輕輕地吐出來，那股久別的香烟味，著實迷人，令人回味無窮，簡直比大塊肥肉還誘人！還令人「饞」！看得別人都睜大了眼睛。

「你沒有上山砍竹子？」

「他們去的。」

「誰去砍茅草？」

「第二隊，」吳班長頗為得意地，一面吸烟，一面告訴丁元通：「咱們奉命蓋房子，比上次更高大，更漂亮！媽的，舊的不去，新的不來，這把火燒得不錯，以後就沒有一個布棚了。」

「嘿嘿……那好！那好！」

丁元通從吳得勝手裡接過更短的香烟頭，一點沒有嫌棄的意思。

在別人的眼裡，他們的交情夠，味道足，令人羨慕：

「他們真有辦法！」

「外國人的香烟，他都能弄到手。」

「哎呀，還不是『伸手牌』的？」

「呵！那你向外國人伸伸手，試試？」

丁元通在營區內，雖說是個小伙伕頭，但誰也沒有輕視他，連金花都向他飛媚眼，嬌滴滴地：左一個丁班長，右一個丁班長，把丁元通叫得眼睛合成兩條縫兒，有點癢癢地、飄飄然地，一直在吞口水，他罵她是個：

「小妖精！小妖精！」

可是，這把火不知把她燒到那裡去了？

「可能把她給燒死了！」

「這種人如果死在火窟裡，太陽都要從西邊出來！」

「這娘們很神秘！」

「有什麼神秘？」

「戰火燒不死她，子彈打不著她，而且也餓不著她，難不著她，別人被圍了，她卻『飛』了出來！這不是邪門嗎？！」

「唉！說穿啦，還不是臉皮厚，『本錢』足，愛出鋒頭，又什麼都不在乎，苦就苦，樂就樂，她把什麼事都看穿啦！」

「可是，她，人呢？」

「呵！老兄，天天臭鹹魚都減少了，你還在想金花，哈哈……」大家都笑了起來。

「你們苦中作樂吧，咱們的活兒來啦！」

大隊人馬已從山上砍了竹子回來，有的挑了茅草回來，黑鴉鴉地一大片，漫山遍野而來。在一塊聊天的傷患，病號都離開了。

吳得勝回到工地，吩咐大家領竹子、捆茅草、找工具。

李子健和蔡士心他們拿著施工圖表，忙著到處指指點點，新建的房子要多大、多高、多長的尺碼：

「這次要快、要好，教法國兵看看我們的精神表現！我們人窮志不窮！」

老太太、小媳婦家都在燒開水，送到工地裡，小孩子興高彩烈地跑來跑去。有的坐在橫臥的竹子上，又跳又鬧，竹子把他們給彈上來，摔下去，起起伏伏地，自得其樂，有的利用竹葉，折成叫子，吹奏歌曲，有的把竹條子編成帽子，跑來跑去地吆喝著：

「我們有新屋住了！」

果然幾天之後，一幢幢、一列列的新房子都落成了！而且縱橫成行、成排，大小，高矮一致，每幢房子前後都有水溝、道路。屋裡面都有床鋪，再也用不著睡在潮溼的地面上了。床上沒有床板子，阿兵哥把劈開的竹子鋪上去，再加上軍毯什麼的，就把住的問題解決了。

大家都非常高興，甚至感謝那把無情火：

「這麼一燒，以後再也不會雨淋、日曬了！」

可是，在一團興奮中，何老太太總是念念不忘她的兒媳、孫子一家人，如今是死？是活？好久能團圓？能不能團圓？都是她常常誦唸的，而且她最大的願望，就是：「好久能去成台灣？！」

她們因為人口少——只有婆媳二人，只分了一間茅草房，雙人床，把東西搬進，還顯得空空洞洞地。

和她們隔壁為鄰的是位太太，姓秦，是個「瞇瞇眼」，名叫秋枝，可是，大家都不叫她的名字，也不叫她韋太太（她的先生叫韋再生），而是叫她「瞇瞇眼」，一方面顯得親熱，叫起來也順口，韋太太很隨和，任何人同她開玩笑，她也不生氣，好像永遠不會生氣似地，所以，附近大人小孩都願和她親近。

她有兩個女兒，一個叫小英，一個叫小蘭，她們才六歲、四歲，都留著兩個小辮子，到處跑來跑去，人見人愛。她們根本就不知道什麼叫「愁苦」二字，也不知道自己被關在鐵絲網裡，常常跑到隔壁問長問短：

「怎麼法國兵老發臭鹹魚？」

「何奶奶，他們是不是沒有好魚？」

何奶奶一看他們姐妹倆來了，就喜歡握住她們的小手，回答她們永遠問不完的問題。也順便問問她們的家鄉情形。原來，她的母親秦秋枝，是北平人，因為北方軍事吃緊，由她的父親秦老先生帶著女兒和兩個外孫女趕到湖南，而女婿韋再生已經隨著部隊調到桂林、柳州，最後到了南寧。等他們老少三代趕到南寧，秦老先生不勝治途舟車、勞頓之苦，竟生了一場大病，把所有的盤川花完了不用說，而且就此一病不起，接著「八路」追踪而至，一經接觸，只有敗退下來，所幸友軍有位軍官李子健上尉，在最後關頭，終於把她們母女三人，以「夫妻」的名義，才把她們帶到「宮門」來。到處託人打聽她真正丈夫韋再生的下落。可是，人海茫茫，他是死了？病了？有沒有撤退到北越？……還是怎樣了？沒有任何人知道。他只有把「尋人」啟事貼到蒙陽、萊姆法郎的駐地去。起初，還抱著多大希望在等待：

「如果，他在這兩個營區，」李子健安慰著韋太太：「妳先生一定會過來的。」
「爸爸好久過來？」
「人家都有爸爸，我也要爸爸！」
小英和小蘭都嘛著小嘴，很認真地詢問李子健。
「好、好……我替妳們找爸爸！」他蹲下來，握住她們的手臂，很認真地哄著她倆。
「那要快些喲！」
「當然快得很。」
「明天！」小英說。
「唔，哪有那麼快的！」
「後天呢？」小蘭也追著問。
「不行！不行！」
「大後天呢？」
「呃……還是不行！」
「嗯……」小英搖著膀子，連兩根小辮子也搖呀搖地：「那你騙我，不同你玩啦！」
「咦！小英，怎麼對李伯伯沒有禮貌！」韋太太對她們提出了警告。
「媽——」小英把語音拉得長長地，帶著撒嬌的口氣：「我同李伯伯鬧著玩的！」
「以後不許噢！」
「嗯！」她們把頭低下來。

「噢！想起來了！」李子健站了起來：「我替妳們介紹個小朋友好嗎？」

「好呀！」姐妹倆幾乎同時高興地叫了起來。

「是男生還是女生？」小英突然想起來。

「嗯——」李子健稍稍意遲了一下下，便說：「是個男生。」

「不要！」

「我也不要！」

「為什麼？」

「男生喜歡打人！」

「男生調皮！」小蘭也提出自己的意見。

「不，不……」李子健說：「這個男生既不打人，也不調皮。」

「真的？！」小英抬起頭來，眼睛睜得鼓溜溜地。

「不許騙我們噢！」

「當然！當然！」

「好久給我們介紹？」

李子健看看天，略略思索了一下，便說：

「馬上妳們介紹，他已經睡了午覺，我去把他領來看看。」

「他叫什麼名字？」

「他幾歲了？」

倆姐妹都在爭著問。

「小英，小蘭，妳們問男生，不害羞嗎？」韋太太也走過來。

「……」姐妹倆才感到難為情，彼此相對地伸伸舌頭，都跑出了屋門。

「不要走遠啊！」李子健說：「新朋友馬上就來了！」

李子健去帶「新朋友」了。

小英，小蘭都高興地扯著媽媽的雙手團團轉、又蹦又跳地。

韋太太用食指放在嘴唇上：

「噓！小姐是不是應該規矩些？」

倆姐妹馬上都安靜了，但心情都無法安定下來。

「什麼事？韋太太？」

隔壁何太太聽到小英姐妹的聲音就走了過來，問韋太太。婆媳兩個人住在一起，大家的心裡都被不如意的事情，塞得滿滿地，找個人聊聊天、解解悶是必要的。

「坐，坐，」韋太太見何太太走進來。小英姐妹倆都鬆開了媽媽，站在一旁。「叫何媽媽呀？」

「何媽媽好！」兩個人都規規矩矩地。

「好有禮貌呀！」何太太走過去，拉拉她們，摸摸臉。一股辛酸湧上心頭，如果她的桂兒不死，可不比她們都要高些、胖些！可惜患了赤痢由桂林大撤退，沒有得到適當的治療，竟死在逃亡的路上，她想到山林、成群的野狗，到處竄來竄去的情形，心裡就有一種絞痛。

「何太太坐呀？」

「坐，坐……」她這才回到現實，強顏歡笑，改以羨慕的口吻說：「妳們總算逃了出來了！」

「唉！」韋太太嘆口氣：「逃出了『八路』的手掌，又當了法國人的俘虜——比俘虜還不如！」

「妳們總算有個男人陪著呀！」

「男人？」瞇瞇眼的臉都紅了。

「不，不……」何太太趕快改了口氣：「我是說，妳的先生。」

韋太太淺淺地笑了，她知道何太太發生誤會了，便說：

「剛才走的那位，不是孩子的爸爸——」

何太太想到那位細高個兒，長長的臉蛋，溫和的談吐，如果，他下巴沒有那顆黑痣，那撮特別長的毛，可不有點像她的先生——何文華？

這個念頭，剛剛閃過，她隨便地支應著：

「那是朋友了？」

「是我們的救命恩人。」

「是呀！不是軍人，咱們一個也別想逃出來。」

她們正在閒話家常。

李子健果然回來了，手裡却牽著個小孩。

「小英、小蘭！」他離老遠就叫了起來：「妳們看看誰來了？」

「來了！」她們都歡喜地答應著，跑了出來。

韋太太和何太太也同時到了門口。最驚奇的不是小姐妹，也不是韋太太而是何太太，她第一眼就看出來了，隨即脫口而出：

「小柱！小柱！」

「二嬸！」小柱飛也似地投向何太太的懷抱：「二嬸、二嬸呀！」

這次突然的行動，簡直把在場的人看呆了！都不知道怎麼回事，也不知如何是好！只是看他們擁抱、流淚，激情的表現……

「媽呀！」何太太拉著柱兒想走出去。

何老太太已經先一步走了進來。

「奶奶！奶奶……」小柱子想掙脫他二嬸的手，又被他祖母擁抱著：

「孩子！孩子！讓奶奶好好看看你……」

「奶奶……」

韋太太陪著他們流淚，小英姐妹倆互相攀著膀子站在一旁都驚奇得說不出一句話來。

李子健趕快拿竹凳子：

「老太太坐、坐……」

可是，他們忘記了三人以外的一切。一下子被期待已久的激情淹沒了、吞噬了。忘記了一切，也沒有發現門口的驚異的眼睛，越聚越多，大人的、小孩的、婦女的，對別人的勸告：

「何太太——」

「老太太，你們應該歡喜才對呀！」

她們根本沒聽到，也許聽到了，就被氾濫的激情給沖走了。在她們的情緒裡，有歡喜、有悲哀，因為太突然，被想不到的種種因素，一下子凝結起來，分不清，也解不開，只有讓淚珠兒成串成串地流吧……

還是何老太太首先直起腰來，一面擦著眼淚，一面告訴小柱：

「孩子，我們就住在隔壁，咱們過去吧！」

三個人攀扯著，從門口的人牆，擠出一條縫來，還沒有到自己房裡坐下來，何太太就追問小柱兒：

「你住在哪裡的？」

「廚房」

「爸爸呢？」老太太問。

「死啦！」

「什麼？！」老太太和兒媳婦幾乎同聲地驚叫著。

「你媽呢？」老太太接著問。

「也死啦！」小柱子的話很平淡。但在老太太聽來，就像平空挨了一記悶棍，只覺得眼前一發黑，便天旋地轉什麼也不知道了。……

當她醒來時，隔壁韋太太、李子健他們都在左右扶持著，何太太忙著替她捶背，面前放著罐頭盒，盒裡盛著水，門口的大人都已先後散去，只有幾個小孩在玩耍。

夕陽西下，霞光滿天，李子健原想給韋家小英、小蘭介紹個小朋友，沒料到：牽出這幕三代骨肉會的悲喜劇來。他看看老太太白髮蒼蒼地，受到此次意外的沖激，有些虛脫，趕快以輕鬆的語調說：

「老太太，如今見了孫兒應該高興才對呀！」

「是嘛，」韋太太瞇著眼，也跟著說：「妳看看，我的老爸爸離北平時，人很壯實，可是，經不起沿途的勞頓，竟然一病不起，找丈夫又失去了連絡——連個影子也沒有找著，日子還不是要過的？！」

「唉！」老太太乾癟腮膀咕呶了一下，想說些啥，卻沒有說出來，眼睛老是固定在一個目標上，顯得空虛，茫然而凝重。韋太太直擔心她是不是受的刺激太重？因為她有兩個兒子，一個是下落不明，一個給衝散了，如今所有的希望都破滅了。韋太太只好勸她：

「老太太，妳要看在孫子的份上——這是妳們何家的一條命根子，也應該好好過下去。」

韋太太的這席話，說得老太太的兩行熱淚撲簌簌地流下來，不知是個好的兆頭還是新的打擊？她不知如何是好，便望望李子健。

「什麼事都要想開點，」他微笑地勸著老太太：「咱們這個營區的義民，少說點也有一兩千人，哪家不是落難之人！哪家不弄得家破人亡？誰家的苦難能說得完？去了的，找不回來，妳說是不是？」

他望望何太太，又看看韋太太。她的兩個小女兒都偎在懷裡，她撫弄著小女兒的辮子，她倆在注視著新朋友——小柱兒：

「他好可憐啊！」小英很同情地望著他。

「如今，人家找到了奶奶、婨婨呀。」

「還有李叔叔，」小蘭也說。

李子健笑了，故意想沖淡這個悲悽的氣氛：

「妳們要陪著小柱子玩啊？」

她們含笑的點點頭，妳看看我，我看看妳，又看看偎在何奶奶懷裡的柱子，又低下了頭，咬著嘴唇。

「奶奶，」小柱子突然想了起來：「我要回去了！」

「回到哪裡？」奶奶問。

「我乾爸那裡。」

「乾爸？」

小柱子點點頭。

李子健笑了，便告訴老太太：

「他有個乾爸——是柱子的救命恩人！」

老太太和兒媳婦，都很奇怪了。

他看到此情此景，便說：

「談起來話長，我還是把他找來，你們慢慢談——」

「不要找啦，我來啦！」丁元通已經從門口走了進來。一個粗短的「車軸漢」笑嘻嘻站在他們的面前。

小柱子指著他告訴奶奶：

「他就是我的乾爸！」

「貴姓？」何太太問。

「我姓丁，叫元通。」

「現在做什麼？」

「唔，」丁元通笑著：「燒飯……當伙伕……還是幹著老本行……」

「坐、坐……」老太太看四下裡連個座位也沒有——大家都是站著的，她從床沿上站起來。

韋太太到隔壁自己家去拿凳子。

「你怎麼找來的？」李子健問丁元通。

「問呀！」他睜大了眼睛：「你說過一會就來，怎麼老不回來！連吃飯也忘了！」

「真的，我該回去吃飯啦。」

「柱子，」丁元通問他：「餓了吧？」

「我不知道。」

「嘿嘿……那有連餓了還不知道的？」

「真的！」小柱子摸著肚子。

老太太並沒有想到餓不餓的問題。想了很久的孫子突然出現，他的爸爸、媽媽竟然沒有同來——死了！這個重大事變，一直在她腦子裡沉沉浮浮，簡直令人不相信，好像是個夢：「文良是真的死了嗎？」她喃喃地。

「老太太不要想這些——要向好的方面想，」李子健向屋裡的人擺擺手，逕自走了出去。

「坐呀！」何太太起來送客。

「以後，我會常來的。」

李子健走了以後，韋太太拉著兩個小女孩，也說：

「我們也該走了。」

「不、不……」何太太拉住她：「妳們可以多坐一會。」

「我們是鄰居，隨時都會過來的。」

「丁先生，」老太太問他：「小柱的爸爸，是死在什麼地方的？」

「這個——」丁元通用右手摸著腦袋瓜，把尾音拉得好長，「咱就弄不清了。不比家鄉，週圍的村子咱們摸黑路都找得到。」

「丁先生，」何太太接著說：「我婆婆的意思是問我大哥——柱子的爸，是死在廣西的那邊？」

「嘿嘿……我搞不清、我搞不清……搞清了也沒有用！嘿嘿……是不是？」

「丁先生，」

「什麼？」

「我的先生叫何文華，今年二十八歲，去年還回家一趟——」
「他是幹什麼的？」
「軍人。」
「那可就多了！」丁元通又摸著腦袋瓜。
「噢，我忘了跟你說，」她朝前微微傾著身子，解釋著：「我先生從前是排長？還是連長，我記不起了，想拜託你，替我們打聽打聽——」
「就說我們在這裡——」老太太也跟著說。
「好、好、好……沒問題！沒問題！」丁元通連連地答應著：「不過，我的腦筋差勁，沒喝過幾天黑墨水，我可以找王排長——」
「王排長是誰？」何太太問。
「王文正，」小柱子插嘴說：「是個病號，乾爸常去看他。」
「現在，他快復原了。」丁元通說：「是我們的患難之交，他的學問大啦！」
「噢，」何太太支應著。
「柱子，你還沒吃飯，跟我吃了飯再回來。」
「不不，」老太太說：「我們馬上做飯。」
「妳們做飯太麻煩，」丁元通說：「天也黑了，」
「沒關係！沒關係……」何太太的語氣，漸漸恢復了常態。
「不過，我要提醒你，」丁元通湊近點，壓低了聲音：「這裡一黑天，連個燈也沒，像個鬼世家，妳們老的老，小的小，可要當心呀！」

「我知道，小偷很多！」

「也要當心壞蛋——什麼人都有！」

「謝謝你，丁先生！」老太太說。

「謝什麼？——咱們都是一家人。」

六・人生聚合無常

經過一段時間的治療調養，王排長的傷及病終於好了很多，只是體力較差，耳朵經常「嗡嗡」作響，稍稍動一下，就冒冷汗，腳手痠軟無力而且冰一般的寒冷。

晨光拉長了身影，田野間的空氣，特別顯得新鮮。王排長離開了營區，順著向西開闢的一條便道走去。路兩旁都是高高低低的葛籐，茅草，蟲聲「唧唧」，頗有點像家鄉的秋天。這裡的樹林，一點面萎的樣子也沒有，而且迤邐到附近山上去，分不清哪些是巡邏的法國兵，那些是高低的灌木。

營房被遠遠地拋在後面了。路左面是一片平地，長了些野草。

「這塊地沒開墾太可惜！」王排長認為：「如果他們（法國當局）不保證『公平待遇——與法兵同享一樣的生活』，如果，不是保證『短期內回台灣』。這塊地改種青菜，倒是可以解決大家一部份副食問題；也省得他們（法國軍事當局）藉口『越明猖獗』，『交通時常被阻，運輸困難』……」

他兀自笑了笑：「怎麼法國兵的生活不受『交通時常被阻，運輸困難』的影響？！……」

他搖搖頭，向右面瞄了一眼，一時怔住了！

「那麼多的墳頭？！那麼多的木牌子！——少說點——」他縱橫地數了數，「一五、一十、一五、二十……怕有七八百吧！」

每個木牌子都刻有姓名、出生年、月、日和死去的時刻。還有他的省籍、縣份。不管他們是官，是兵，哪個縣份，年齡的大小，雖不能同生、同死，也不管是哪個部隊，如今，都同一起安息了。

他的父母、兄弟、姐妹，誰能知道他們再也回不了自己一家鄉形成了異國的幽靈、野鬼。自己却大難沒死，怎能不感謝捨己為人的丁元通！

他冷笑著。不知是自慰於個人終於逃脫離了大陸，病痛的折磨，還是為了那些再也不受任何苦痛「腐蝕」的逝者而放鬆了心情而漫步。

「排長！」

他轉過臉來，刺眼的陽光照過來。他用右手在眉上打個涼棚。

一小隊年輕人邁著不很整齊的步伐走過來，領頭的是班長吳得勝——」

「又砍竹子蓋房子？」

「也割茅草。」吳得勝提高了嗓子。「丁班長——丁元通找你！」

「找我？」

「對對！」

他們都走過去了。大家都帶著工具，穿著短褲頭，上身赤裸著，腳上都穿著草鞋。

他望著他們的身影漸漸走遠了、消失了。

沒有倒下去的，還要忍受各種試煉，如疾病，和飢餓、和未來的命運對抗，一直到打敗它，克服它，然後再繼續接受新的挑戰，新的對抗，……大概這就叫做「生命」吧！

「丁元通找我？」幾乎和他天天見面，都不談些什麼，難道他有什麼事不成？他不免有些奇怪。

他轉身往回走。自從小柱子找到了奶奶和他的二嬸——他回到她們的身邊——骨肉都團聚了。丁元通像失去了什麼？一個人常常躲在一旁吸悶烟，不知在想什麼？是感慨於人生的聚合無常？生死命運的不可預卜，失去了當「爸爸」的滋味，還是……？

「丁元通你有什麼心事？」他問過他。

「沒、沒……沒有呀！」他還是爽朗地笑著，好像失去了以往的真實，似乎「空虛」而勉強了許多。

「咱們可是生死之交，你可不能瞞我！」

「瞞你？不會的，不會的……」

「我看得出來，」王排長追問過他：「想小柱子了？」

「他不是常來？我不是常去他們家？」他解釋：「老太太非常感激我，喜歡我，硬要替我縫衣服，叫我常去她們那裡——」

「那樣好呀！」

「是嘛！」丁元通低下頭，似有難言之隱。

「你一向非常爽快，有什麼心事可以直言？」

「沒沒……沒什麼？」但他立刻改變了口吻：「讓我考慮、考慮……」

「大概丁元通經過好幾個夜晚的『考慮』，總算有個結果了。」他心裡自忖著，好像得到了結論。

大片的營房漸漸接近了。

「排長！」離老遠丁元通就吆呼起來。

他順著聲音看過去，像個「抓地虎」的矮子丁元通已經咧開大嘴，插著腰站在路旁邊：

「你不怕著涼？」

「沒關係。」

「不行呀！野外露水大，身子抵不住的。」

「我會照顧自己，謝謝你！」

在丁元通眼裡，王文正——王排長就像他的名字一樣，既「文」，又「正」。方面、大耳，挺直的鼻樑，尤其那兩道眉毛又濃又黑。

遠在幾個月以前，部隊還在湖南那時光，營長集合大家講話。當時，兵慌馬亂，人心惶惶，部隊裡謠言像瘟疫，說是什麼「識時務者為俊傑」、「中國人不打中國人」、「陣前立功有獎」、「帶槍投誠有獎」、「某某部隊已經過去了」……眾說紛紜，不一而足。

大家以為營長有什麼好消息報告出來。可是營長站在部隊的前面，不光沒有什麼好消息告訴大家，反而說些：

「大勢已去，默察各種情勢，為了大家的生命、安全著想——」下一句還沒說完，王排長已經站在營長身後，掏出一把手槍來，當他大言不慚地告訴弟兄們「戴罪立功」時，他立刻抵住他的後背：「我們的『罪』是變節投降，是認賊作父，這種人不配做我們的長官，該不該殺！」

「該殺！」幾百人脫口而出，殺聲震天，一下子把情勢給扭轉了過來。

丁元通對這件事一直記在心裡，也引以為榮。他常說：

「平時養兵千日，用兵一時，到了節骨眼上，他娘的要投降，真窩囊透了！一點良心也沒有，要是我的話，也會宰掉這些沒骨氣、見風轉舵的傢伙！」

在王排長的心目中，丁元通不僅是自己的救命恩人，也是老百姓中的典型人物，永遠忠貞不二，赤心耿耿，雖然識字不多，但是有許多光有學問的人，還抵不上他呢。

「找我有事？」

「說起來也沒……沒什麼……」丁元通面帶笑容，却吞吞吐吐地。

「做軍人就是爽朗明快，怎麼學起娘娘腔來啦？」

「不、不……」丁元通極力否認。

「有什話只管直說吧。」

「我想請你幫幫忙？」

「沒問題！」王排長一拍胸口：「上刀山，下油鍋，只管吩咐吧！」

「嘿嘿……」丁元通笑了：「哪有那麼嚴重！我只希望你為我跑跑腿、動動嘴，就行啦！」

「說吧？」他朝前走近一步。

丁元通也湊過來，對著王排長的耳朵，小聲地：

「咱都快四十啦……嘿嘿……」

「怎麼樣？」

「你知道，咱又沒啥出息——」

「你這是什麼意思？！」王排長轉過臉來，正視著丁元通：「誰小看了你？！」

「咱只是個伙伕頭……」

「軍中沒有了炊事同志，還得了——還能打仗。還能上操？還能——」

「這事可不同噢！」

「怎麼不同？」

「你聽我慢慢說嘛……」他又把聲音放低了：「我看何老太太一家人老的老，小的小，死的死啦，活著的老二又下落不明……」

「這是事實，我也知道你富有同情心，我知道你的意思啦！」

「你已經知道啦？！」

丁元通這下楞住了，把眼睛睜得大大地，但王排長卻若無其事，只是含蓄地微笑著。空氣就在這一剎那的功夫，給凝住了。

「你是不是想認何老太太為乾媽？」

「對、對……」丁元通這下更驚奇了。而且含有敬佩的意思：「你怎麼知道的？！」

「猜呀！」

「你猜得真準！你猜得真準！哎呀呀！」他拍了一下大腿：「簡直是諸葛亮嘛！」

「好啦，好啦！我還以為什天大的事哩！」

「這事不小呀！半路上咱們撿個兒子，如果，再認個娘，這輩子行啦！夠啦！嘿、嘿……」

丁元通從小沒爸沒娘，他們死得太早，留下他跟著大伯父天天放牛，割草，做粗活，從來不知道什麼叫「天倫之樂」，這下能認個娘，樂得心放怒放，合不攏嘴，心窩裡直撲通。

「你還沒夠，」王排長以平淡的口氣說。

「誰說的？」丁元通收斂了笑容：「咱們一面走，一面說。」

兩個人併排走著，各家各戶都在生火做飯、洗衣，孩子們沒有玩具，却用破布縫成個球形的東西踢來踢去，也有的用瓦片、石塊作玩具。有不少的病號慢吞吞地扶著拐杖在蹓腿。

他們讓三五成群的病號走過去，又恢復了談話：

「當然是我說的。」王排長看著前方。

「你說我需要啥？」

「還要我明說嗎？」他看了丁元通一眼。

「快點說吧？我的事還多著哩。」

「你還需要個老婆，猜對了沒有？」

「唔——」丁元通有點失望：「排長，你這下沒猜對！你想想看，如今兵荒馬亂，又身在外國，誰也不曉得明天的事，自己都成問題——比俘虜還不如，天天住在集中營裡……我、我……我還能想討老婆？！」

他的這席話，真出乎王排長的意外。他對丁元通——這位粗裡粗氣的炊事班長，立刻改觀。

他停止了腳步，把丁元通看了看。

「走哇！」

「……」

「怎麼？！」丁元通也不走了，望望排長。排長走了，又恢復了併排而行。

「那，你為什要認乾媽？」

「她們需要安慰、需要照顧，我看到老太太就難過，她老而無子——」

「好、好，」王排長打斷了他的話：「我等下就去，等下就去。」

「你怎麼開口呢？」

「哈，哈……」王排長笑了：「這是我的事。」

「不過——」

「哦，你又有了新的主意？」

「這是咱找她，」丁元通有點難為情：「萬一人家不樂意，也就算了……這是勉強不來的，再說，自己這塊料子，長的鞋尾巴擦鼻涕——別提了！」

「丁元通，你的心腸比誰都好！」

「呵！我們的大排長，你又在為咱灌米湯啦……」

「哈，哈……」兩個人都大笑了。

七・人為力俎、我為魚肉

丁元通天不亮起來煮稀飯，吳得勝提著半籃子的紅芋，走進了廚房：

「老丁，咱們燒點紅芋。」

「你放在鍋門口好了。」

丁元通穿著汗漬漬的短袖沒領的小褂、灰短褲、破圍裙、赤著腳，肩膀上搭了一塊布，額頭上被火星子照得閃閃發光。他把米淘好了下鍋：

「過半個時辰你來拿好了。」

「不行，我自己燒燒看。」

「哎呀，老吳，碎柴火不好燒，又返潮——很濕。」

「沒關係，在家鄉裡誰不會燒火、做飯！」

「不行！不行」丁元通走了過來，拿起了燒火棍：「在家鄉都是燒劈柴——架起來生著火，啥也不要管了。這些碎柴不行，還是我來吧——」

「啊，老丁，別的我不行，要說生火煮飯我都不夠格，那不成了飯桶？！」

「隔行如隔山，那可不是鬧著玩的——」

「……」吳得勝一把把燒火棍奪了去：「我就不服氣！看它有什麼竅門！」

丁元通冷笑了一下，從耳朵上拿下半截烟頭，點著火，站在一旁，兩手抱在胸前，歪著頭，香烟吊在嘴角上，在欣賞吳得勝的燒火本領。

吳得勝似乎也很內行，先把鍋牆裡面扒圈坑，把十多夠紅芋都放進去，用灰燼埋起來。然後，填柴、生火；火沒冒出來，濃濃的黑烟一團團地升起來，好大的草房子就完全籠罩在嗆人的烟霧裡。

充元通不得不蹲了下來，問他：

「要不要幫忙？」

「不要！不要！」吳得勝連連拒絕：「頭難！頭難！一點著火燒起來，繼續不斷，就會恢復正常的。」

丁元通坐在草堆邊吸烟！吳得勝不斷地續碎柴——都是些茅草、枝葉，被燒得比比剝剝地，總是烟多於火，柴少了沒有烟，卻像點豆油燈一樣，濕柴火燒不著，用竹筒子吹口氣，卻又「轟」地一聲冒出來，幾乎燒著了吳得勝的眉毛，把他嚇了一跳，趕快離遠點，又怕丁元通取笑他，裝作是意料中的事，不足以為奇。

丁元通想笑，卻沒有笑出來。香烟頭只剩一點點了，他用兩個指頭捏著吸，好像愈吸愈香、愈甜，都快要燒著嘴唇了，還捨不得丟棄。

吳得勝的紅芋不知燒熟了沒有，自己的面孔卻被烤得像豬肝，滿頭滿臉的灰燼，一下吹火，一下填柴，又要防備著「轟」出火來。

丁元通看看天色快大亮了，便挨了過去，輕輕地就把燒火棍接過來，吳得勝似乎也沒有拒絕，只看了丁元通熟練地把燒得「半生半熟」的柴火扒出來，當中留個空子，再一小把一小把地續進去，火頭此起彼伏地跳躍著，活活潑潑地燃燒著，只有淡淡的清烟裊裊升騰……

吳得勝看在眼裡，便說：

「他媽的，真邪門！」

「沒有什麼邪門！」丁元通臉上閃閃發光，自言自語地說：「却倒有點竅門。摸著竅門，做什麼事就容易了。」

「呀！」吳得勝一巴掌打在丁元通的肩上：「我們的伙頭軍，可真有點學問嘛！」

「這算那門子學問？」

「燒飯的學問呀！」

「你別損我、挖苦我了！」

廚房裡外，人們漸漸多了。

正在開飯時，小柱子突然出現在丁元通面前。看樣子是跑著來的，說話斷斷續續地：

「爸，奶奶叫你去！」

把「乾爸」的「乾」字去掉了，還是王排長的建議，就如同丁元通叫老太太為「乾媽」一樣，也把那個「乾」字給省略了。他說：

「喊起『爸爸』、『媽媽』來，多自然、多親切，別人聽起來也很舒服。」

他們雙方都認為「很有道理」，而且，小柱子的二嬸就一再叮嚀過他：「以後再叫他『乾爸爸』，就不要『乾』啦！」

小柱子人小鬼大，大家都喜歡逗著他，滿好玩的。

起初，他喊他「爸爸」就想到以前的何文良——自己的親爸爸，再喊別人為「爸爸」，總是有點不對勁，不好意思，日子久了，也就習慣了。在腦子裡兩個人（自己的親爸爸和丁元通）的印象，就合而為一，而且後者的印象越來越重、越來越濃，何況丁元通愛護他們、照顧他們比親人還要親，還要週到。

小柱子氣喘吁吁地站在前面，丁元通的心窩裡，馬上憋個大疙瘩：

「什麼事？」

「嗯——」小柱子心裡有事，想說出來，可是恐怕說得不週詳，便說：「還是你回去問奶奶吧！」

「好，好……」丁元通一面解圍裙、交代一下工作，一面到外邊擦把臉，又換穿了別人送給他的膠鞋——那是很神氣的了，雖然有點破舊，但比起一般人都穿草鞋來說，那是很令人羨慕的。

丁元通和小柱子慌慌張張趕到義民住宅區，何老太太、二兒媳婦劉淑惠，還有小英、小蘭她們都眼巴巴地等在門口了。

「媽！」丁元通首先開口：「什麼事？！」

「唔——」何奶奶閃開身子：「到裡邊說吧。」

大家進了屋子，也沒有坐下，丁元通便追問著：

『什麼事？什麼事？』

「元通——」

「有個外國人進來啦！」小柱子的嘴比老奶奶還快，

「不許插嘴！」何太太制止他：「讓奶奶說！」

「有個外國人三更半夜裡闖到隔壁家——要欺負韋太太！」

「真的？！」丁元通瞪大了眼睛。

「韋太太一嗆呼，說是：『有賊！』，我和淑惠都嚇死了！腿發軟，心發慌，直打哆嗦——」

「後來呢？」

「有些男的來了——都拿著棍子，要『捉賊！』，」

「捉著沒有？」

「沒有！」何太太說：「跑啦！不過，把韋太太枕頭下的錢被摸跑啦！」

「拿去了好多？」

「兩個金戒指！」

「從前沒聽說呀……」丁元通不由得摸得後腦袋，有點猶豫起來。

「這是人家的私房錢呀，怎麼好向外宣揚呀！」

「對，對……」丁元通拉拉小英、小蘭：「妳媽呢？」

「睡啦！」

「不，不，」姐姐立刻糾正小蘭：「媽在哭呢！」

「我們可不可以到隔壁看看？」

「可以，可以，」小蘭立刻回答。

「我去叫媽媽！」

兩個小孩都跑了回去，傳出清脆的聲音：

「我媽已經起來啦！」隔壁的小英高叫著。

「咱們過去吧？」

小柱子的動作最敏捷，已經不見了。老太太、何家兒媳婦和丁元通都到了韋家。

韋太太正在梳弄蓬亂的頭髮。臘黃的面孔，嘴唇一點血絲也沒有，眼泡有點浮腫，好漂亮的小媳婦，一下功夫就蒼老了十年！剛來時，穿的是長袖衣服、長腿褲子，如今都是赤胳膊、露腿——都把袖筒、褲管剪下來給孩子們拼湊起來縫短褲、補衣服。反正大家穿的短袖衣服、短褲頭，男、女、老、幼，家家都是如此，誰也別笑話誰。怪不得法國人看都不願看，說大家是「烏合之眾！」「國際叫化子！」

她看大家走進來，又流起淚來。只有見到親人才是那樣的：

「妳看以後的日子怎麼過法！」

「唉！韋太太別難過嘛！」何太太勸說著。

「這可什麼都完了！」韋太太一面哭泣，一面告訴大家：「那兩隻戒指是再生（她的丈夫）的媽送給我的——」

「財是身外之物，」老太太又說：「破財消災，別想它了。」
「那是我——」韋太太顯然沒有聽進別人的勸告：「準備到台灣給孩子們做件衣服的呀！
丁元通在裡面站也不是，坐也不是，兩隻手沒處放，不知該勸說些什麼才好，便問小英、小蘭：
「妳們吃飯了沒有？」
她們都搖搖頭。
「妳們餓不餓？」
妹妹點頭。小英沒有表示，好像在問自己：「是說餓？還是不餓？」
「丁伯伯，」韋太太接著回答：「你忙吧，不要管她們的事！」
「咦！」他說：「大人可以不吃，小孩怎麼可以空著肚子，燒飯我內行，來，來……煮飯！煮飯！……」
丁元通剛到屋門口，一簇簇的小孩子跑了過來，嘴裡嚷嚷著：
「法國兵來了！法國兵來了！
「他們到義民區做啥？！」
他站在門口沒有動，心裡在滴咕著，有些納悶。
小柱子、小英、小蘭姐妹倆也出來了，但立刻又縮了回去，都嚷嚷起來：
「媽呀！法國兵來啦！」
「奶奶，法國兵就要來啦！」

「他們來幹啥？！」何太太也在門裡邊露出半個頭。
韋太太忙著收拾枕頭，有個小包袱丟倒床下去。
何奶奶慌慌地走回自己的房裡，還把她的媳婦拉了一下，遞個眼色。她立刻轉過臉來：
「韋太太等下過來坐。」
「何太太，我不送了。」
過了一下子，法國兵真的來了！
小柱子伸出半個頭，在數著：
「一個、兩個、三個……呀！十幾個人，都上了刺刀！
他們穿著鮮艷的制服，長筒馬靴，高鼻子，藍眼睛，帽子下邊露出金黃色的頭髮，一個個托著刺刀，如臨大敵似地走過來，嘴巴不斷地喝斥著，也不知說些什麼？
有個穿便衣的越南人，看起來跟中國人差不多。他告訴大家：
「不要害怕！也不要躲避。聽說有越盟份子混進來了，他要勒索大家的錢財！連手錶、鋼筆都保不住。法國跟中華民國有邦交的，他們來保護大家，請大家把金戒指、銀圓、首飾、值錢的東西，都交出來，給法國人保管，將來，走的時候再發給大家。」
他特別高聲地喊叫著：「請大家合作！將來一定還給大家！請放心！……」
當那位越南人說中國話的時候，法國兵已經分為七、八個小隊，每隊分為三個人。他們都紛紛闖進義民的住房去搜索，有個法兵就站在門口監視著。
「我們什麼都沒有了！」

「哎呀！翻什麼！」

「喂！喂……不能拿！不能拿！」

「什麼都被『八路』搶了去啦！……」

「那是我們一家人的命根子，不能拿！不能拿呀……」

「哎呀！土匪！土匪……」

一時秩序大亂，各家都在嚷嚷，那種哭聲、叫聲、嚎啕大哭的聲音……簡直就是末日的降臨！大家好像待宰的羔羊一樣，任人收拾，……小孩被嚇得到處躲避，男人被毆打、女人被調戲……

丁元通知道情勢不妙，趕快從門口縮了進來。可是，高大的法國兵，一下子就把門口堵住了。

他一步步地走進來，向丁元通打了手勢，叫他出來。他只好慢吞吞地離開了柱子。但小柱子並沒有離開他，亦步亦趨地跟在後面，也許這是老太太的指點。

她非常沉重地坐在床邊。兒媳婦嚇得面色如土，依偎著老太太，面頰靠著她的肩膀，默默地流淚，好像待宰的綿羊。

這時，門口一閃，王排長突然出現了。

「你怎麼來了？」丁元通壓低了聲音問他。

但沒有開腔，只是直直地瞪著那位法國兵，看著他在搜尋，蹲下來看看床下，看看破爛的衣物、竹子編的牆壁，茅草蓋的屋頂，除了沖鼻子的陰濕的霉臭味啥也沒有，也許他也有父母、妻子、兒女、也許天良未泯，也許看到王排長的出現，他沒有向廿七、八歲的何太太動手動腳，也許被老太太那副臨危不亂、正氣凜然的神情給懾住了，只好在室內轉了兩圈，一無所獲地退了出去，又會同門外的法兵轉往鄰家去了。

「這還得了！這還得了！」

「我已經把這件無理取鬧的事情報告上邊去了。」王排長顯然很生氣。

「上邊怎麼說？」丁元通打個手勢，讓王排長裡邊坐。

老太太和媳婦都站了起來讓座，好像躲過一場大災難似地。

小柱子搬來一個竹凳子，大家都落了座，老太太她們還坐在原來的地方。

「排長，剛才你都看到了？」

「上邊也很清楚。」

「就這樣算啦？！」丁元通很不服氣。

「當然要向法國的部隊長抗議。」

「抗議有個屁用！」丁元通咬住牙說：「看我宰他幾個洋鬼子！」

「丁元通你可不要做個冒失鬼噢！你以為宰了幾個洋鬼子，就能解決問題？」

「這這……太不像話了！」

「我們是個團體，有我們的長官為大家負責。大家不能亂來！」

「你說說看，咱們該怎麼辦？

「各守崗位，服從命令。」

「那，那……」

「好了！好了！廚房有好多事等著你呢。」

「媽的，我這口悶氣非出了不可！」

「記住，這些法國兵是土匪，卻不是我們的仇人，你是願意打土罪呢？還是將來報仇雪恥？」

「咦——？你這是啥意思——把我給弄糊塗了！」

「唔……」王排長笑了笑：「現在沒空——我有事要跟老太太談談，以後咱們慢慢聊。」

「好，好，也好，」丁元通跟老太太打個招呼：

「媽，中午我來看妳！弟妹，再見。」

「爸，等下我要去你那裡？」小柱子接話說。

「好，好……」丁元通的身影已經不見了。

一陣陣「刷、刷……」的皮鞋聲從草房旁邊的馬路上經過，很整齊、神氣，彷彿向這一帶赤手空拳的義民示威似地。

八・人間地獄、怒火中燒

自從那次法國兵到營區搜索「越盟份子」沒著，却搜去了義民們最後的一點金銀財寶之後，大家都議論紛紛：

「媽的，這不是變相的土匪嗎？」

「他們連土匪都不如！」

「看他們穿的滿漂亮，腦子裡儘量歪主意、壞念頭！人家土匪就是土匪，他們却是披著羊皮的狼！」

「他們把金戒子要了去，也記個賬，給個保管條子沒有？」

「有什麼條子！」

「那豈不是肉包子打狗——有去無回！」

「別他娘的瞎扯啦，」有人立即辯駁：「肉包子打狗是自己『打』出去的，你不『打』出去，那些『狗』不是乾瞪眼？這次法國兵是把大家的血汗、命根子給硬『擠』了出去的！哼！卑鄙無恥之徒！」

「對，對……」大家異口同聲地表示憤慨，也有人「嗤」地一聲笑了。

「笑個屁！」

「不笑我會哭？」那個笑的傢伙有點不服氣：「想想看，這裡（義民區）少說點也有一兩千口子，一個個男的、女的，都像綿羊似地被『整』了，過都過去了，哭還有啥用？」

「你倒說得滿輕鬆。大概你小子沒有被『整』過，有一天法國兵鋒利的刺刀，對準你的心膛，我看你是哭？還是笑？」

「噯……話可不是這麼說！」

「怎麼個說法？」

兩個人說著說著抬著槓來，各不相容。大伙兒都似乎有點幸災樂禍，看熱鬧的意思，甚至希望他們比劃比劃，好好幹一場；幹得雙方頭破血流，打得你死我活才過癮，才痛快。

不然，這生活太單調、太貧乏、太枯寂，乾巴巴地，就像一塊塊被放在西北角——墓地旁邊的敗枝、殘葉、枯樹皮，被太陽晒得焦乾，能有一把火給燒起來。燒得烈焰沖天，燒得集中營似的房舍，一根茅草也不留，連法國兵也給活活地燒死，省得再吃他們的臭鹹魚、臭罐頭，再挨餓、再砍柴、再蓋房子、再埋死人，再聽、看婦女的哭泣聲和大把大把的眼淚。看了就教人寒心的短褲頭、破掛子，連叫化子都不如，又不能早些回台灣。好久能回台灣，誰也沒有肯定的答覆，即使有人說：

「明天就能回台灣！」恐怕小孩也會懷疑的。

生活像發了霉、生了銹，趕快晒晒吧！趕快磨磨吧！變變吧！這種不死不活的日子，像根無形的鎖鏈，把人捆緊了。

大伙把兩個當事人圍在中間在吼，在叫，在起鬨。

李子健經過操場邊，朝裏看了看：

「什麼事？什麼事？」

大家看他來了，便立刻散開，當中的兩個人，像洩了氣的皮球。

「沒什麼，沒什麼……」

「好玩嘛，」他故作輕鬆地望望大家：「好玩嘛，是不是？」

大家都笑了。

李子健瘦長臉，尖下巴右邊的黑痣、長毛是大家所熟悉的。

「指導員，有什麼好消息？」

「在這個鬼地方能有什麼好消息？」李子健撇撇嘴，一付無可奈何的表情：「你們看了佈告欄沒有？」

「什麼事？」有人問。

「有一張『我們的抗議』！」

「誰寫的？」

「義民！」

「為什麼？」

「你們自己去看吧，我還有事。」

李子健說完話，頭也不回地向義民的住區走去。

「走吧，咱們看看去！」

大伙們三、五成群地向管訓處的辦公室走去，也有的沒有動，在原地高談闊論。論來論去還是好久才能吃得飽？病號為什麼有增無已？如今，又多了一項論題，那就是誰家被拿走了幾個金戒子？誰家被拿去了幾個「袁大頭」（銀圓）？手錶？鋼筆？……誰家的媳婦、小姐被污辱了……弄得大家火冒三丈。因此，也有人出「點子」，應該想法子給法國兵一些顏色看看。

大伙到了目的地，佈告欄的前面已經麕集著無數個腦袋瓜，後到的人，只有豎起了腳尖朝裡看。外邊的人朝裡擠，裡邊的人朝外推。一時人聲噪雜，秩序很亂。也許太陽太惡毒，大家弄得汗流浹背，額頭上的汗珠子大把大把淌下來，既沒有風，也沒有樹遮個蔭涼，真教人吃不消！

「這個小媳婦上吊死得太可惜！」

「還有她娘哩？」吳得勝從裡邊擠出來，右手捽了一把汗，擤鼻涕，把黏液擦在右腳的草鞋上，憤憤不平的樣子。

「不，不，」另一個人糾正他：「不是她娘——是她婆婆！」

「哎呀，婆婆、娘都是一樣的，分那麼清楚幹嘛！」吳得勝皺著眉，好同情她們：「婆娘倆經過千山萬水，好不容易把兩條命保得住，却輕輕地上吊死啦，你說說，多可惜……。」

「那個抗議書上說，那個小媳婦，還有幾個月的身孕哩！這是一屍二命吶！」

「不然，她婆婆也不會自殺的——兒媳婦一死二——沒指望啦，活著沒意思哩！」

「還有一層，」金花搖曳生姿地從人群裡出現，後面還跟了一群半大孩子。這使沉悶而乾燥的空氣為之一變，她立刻成為大家視線的焦點。小伙子們都有一種清涼、爽快的感覺，還有她那特有的一種軟綿綿、清脆的聲調，使人難以抗拒，不得不把面孔轉過來。

「這個妞長得不錯嘛！」

「誰家的？」

「好像南京夫子庙唱京韻大鼓的！」

「咦！好面熟！」

「吆！她是你的相好的？」有人擠擠眼、聳聳肩膀，調侃著。

「胡說！」

「哈……」大家都笑了。

但是金花若無其事，依然扭呀扭地，嘴角咬著巴掌大的紅手帕，對著吳得勝瞧呀瞧呀。他向她：

「妳說說看，還有那一層？」

「老太太姓張，兒媳婦——就是那個上吊死的叫蔡月娥，家裡是個大財主，手裡的細軟可不少啊！」

「這次，被法國兵拿去了？」吳得勝接著說。

「哼！哪有法國兵的份！」金花柳眉倒豎，眼睛睜得像麥黃杏似地，鼻孔裡還「哼」了一聲，偏著頭，讓秀髮遮蓋了半個眼睛，流露著女孩子特有的神韻，使在場的男孩子都不知如何是好，大家都摒住呼吸，好像都準備聽聽她的下句話。

「是這樣的，」金花故意仰著半個臉，作沉想狀，又像漫不經心的樣兒，倒像個調皮、天真無邪的大孩子：「她們的細軟是自己獻出來。」

「給誰？」吳得勝緊緊地追問著。

「給『八路』。」

「給『八路』？」

「你不相信嗎？」

「不相信！不相信！大家被他們整得家破人死，恨得牙根發癢，把金銀財寶再『獻』給『八路』，瘋子也不會這樣做的！」

「傻的人可多啦！」金花說話總是從容不迫，有板有眼地，她出乎意料地告訴大家：「我就是其中之一。」

這下，大家更有興趣啦，你看看我，我看看你，有人想發表自己的意見，還沒張口，就被別人制止了。隨手指指金花。

「金花，」吳得勝等得不耐煩了：「妳有話趕快說出來吧。」

「我不是在說嗎？你看你急什麼？」金花眨眨眼，故意把兩顋鼓起來，好像生氣的樣子，但自己又笑了：「其實呀，誰願意在逃離的時候，輕易把自己的錢財交給別人！」

有些人都在點頭。

「可是，『八路』就有他的本領。有一次，我們都躲在半人多高的野草叢裡避難。他們敲鑼、打鼓的吆呵著：『老大娘、大嫂子，我們是廣西自衛救國軍呀！已經給你們準備好稀飯、熱饅頭、泡鹹菜，大家都出來吃吧！吃飽啦，我們就給你領路吆——』」

「妳們出來了沒有？」

「哎呀！吳班長，你聽嘛！」金花的小嘴唇一咕嚕，又繼續說下去：「那時候，大家又飢、又渴、又累，一聽說有稀飯，熱饅頭在等著，一些餓昏了頭的娘兒們，都一個個地走了來，想先喝幾碗稀飯再說。那些不相信『有這樣行好的人』，不多久，也沉不注氣了——。」

「妳呢？」

「唉！」她撩撩頭髮。大家也忘記了大熱天，都在伸著脖子等著她的「下文分解」。究竟那支「自衛救國軍」準備了稀飯、熱饅頭沒有。

「人為財死，鳥為食死，應該改為『人為食亡』了！」金花的兩道娥眉擠在一塊兒，也夠令人憐愛的，她說：

「等大家都餓得頭昏眼花集合在一塊兒，那些『自衛救國軍』就改變了口吻，先是『呀』了一聲！「那麼多的人！稀飯、饅頭都在前面村子裡，委屈大家再走一段路就到啦！」大家沒法，看著他們都是便衣，背槍的人，慈眉善目地，只好跟著他們朝前走，有一部份便衣隊就押著隊，有人想留下來，可是他們威著著：「留下來就是死路一條，附近都是八路！」」

「大家沒走多過，前面也有一股自稱「廣西自衛救國軍」的人，攔住大家的走路，要替大家『保管』金銀財寶，不過接受『保管』的人，每人發給一張『保管條』，將來再憑條領東西——」

「有這種事！」

「我看是種騙局！」

「什麼『救國家』！比土匪更高明！更厲害！」

大家又七嘴八舌地嚷嚷起來……

「喂！金花，」有人問：「後來，妳們喝了稀飯、吃了饅頭了沒有。」

金花把紅色的小手帕向脅下一掖，頭髮摔在腦後，細細的腰桿扭了一下，轉臉就走。

「喂，喂……別走吆！

「沒講完哩！」

「他們到底喝了稀飯？吃了饅頭沒有？」

有位年輕的弟兄追著問金花。

「你好傻啊！」金花摔過一句話來。

「我傻？」他有點名其妙，竟瞪著眼，指著自己的鼻樑，站在原處，有點不服氣的樣子：「別走！別走！……」

「怎麼！」金花兩手插腰，轉過臉來：「你想請客，是不是？」

「嗳，嗳……說個明白嚒？」

「不是很明白了嗎？」金花右手一擺：「想想看，把稀飯、饅頭留給難民用，『救國軍』吃什麼？喝什麼？……」

這下，把大家都逗笑了！有人在流口水，有人歪著頭，傻呵呵地不知在想什麼，也有人表情凝重……

「你們笑什麼！」金花馬上板著面孔，一派正經的樣子：「小媳婦死啦！老的上吊啦！有什麼好笑的！你們簡直是幸災樂禍！哼！」

她越說越氣，越說越有勁：「大家都家鄉呆不住啦！逃難時，金子、銀子都沒啦，你們繳了械，當俘虜——連俘虜都不如！」她加重了語氣：法國兵侮辱我們，你們就隔岸觀火，還有心思笑我們！……」

「不，不……」吳得勝連連否認。

金花鼓起腮膀子，杏眼睜了又睜，把那些高的、矮的弟兄們看了一遍，神色裡含有責斥、輕視，也有教訓的成份，她看著大家的表情不一，也沒有說話的，顯然在回味她說的話。

她暗暗地笑了笑，并沒有笑出來，只是在嘴角上輕輕地動了一下，誰也沒有看出來。她說：「你們都沒事啦？我可沒有這份閒功夫呢！」

說罷，逕自轉臉離去，那頭閃亮的頭髮、短袖的碎花小褂兒、膝蓋以上的藏色短褲頭、赤腳穿膠鞋，細細的腰桿，粉紅色的小手帕，顫巍巍的臀部，有節奏的扭動著，漸漸在大家的視線裡消失。

「呵！這個娘們！這個娘們！……」

等她走遠了，有些人才發覺自己在發呆！不知道說她好，還是說她壞？是該打她？還是該罵她？……

「這個小娘們，如果穿漂亮點，我看她一個媚眼，就把法國兵給征服啦！」

「去你的，有那麼大的力量！」

「我看你們一個個變成木雕泥塑的啦！」吳得勝在諷刺著。
「嘟，嘟……。」
操場上有緊急的口哨聲，大家才向集合的方向跑去。
「這個女人，可真是能說會道啊！有點像冰淇淋！」
「像棒棒糖！」
「像辣椒！」
隊伍都快要站好了，還有人在開玩笑。

九·「把抗戰精神表現出來！」

自從法兵藉口「搜索越盟份子」沒著，却把大家的金銀珠寶、鋼筆、手錶……搜刮一空，又調戲婦女，使人羞愧上吊——死亡了好幾口之後，大家都非常憤慨。長官們一再集合大家訓話，要求大家忍耐，而且把以往越王勾踐「臥薪嘗膽」的故事講給大家聽，但是還有許多年輕人和法國兵隔著鐵絲網相吵相罵：

「你們是不講信用的騙徒！」

「法國兵連土匪都不如！」

「早知道你們說話不算數，我就留枝槍，斃了你們！」

「你們侮辱了三色旗，講什麼自由、平等、博愛！……」

法國兵裡面也有會說中國話的，他隔鐵絲網裡面的是：

「喪家的狗」

「烏合之眾！一群叫化子！」

「不是我們法國人，你們老早就餓死了！」

「有本領跟『八路』鬧去！」

「你們丟掉了整個大陸還神氣什麼！」

集中營裡也有會說法國話的，他把大家說的話，翻譯成法語，告訴鐵絲網外面的衛兵。大家由相吵、相罵而吼了起來，裡面朝外面丟石塊、扔瓦片，把法國兵惹火了，他就舉起槍來，向裡面「砰砰……」地連續射出，還向管理的高級長官提出「極不友好」的「抗議」，要求大家「以後不得有類似的情事發生。」

但是大家也提出意見來，向法方交涉：

「希望早些回台灣，實踐他們的諾言。」

「在沒有成行以前，要發足夠的食物和醫藥！」

「發還我們的金、銀、珠寶！」

「以後不准法國兵進入營區；有什麼事先商量，經過雙方的同意，才能行動！」

至于交涉的結果如何，跟大家意料的一樣——沒有一點結果。

就在高級長官向法方交涉的當兒，營區內一股「反抗」、「誓死不作亡國奴」、「把抗戰的精神拿出來！」的「暗流」在滋生著，而且這股「暗流」，漸漸表面化了。

白天有巡邏隊，要上操，要做工，都是集體行動，入夜以後，除了天上的星光，鐵絲網外面崗樓上的探照燈向營區內搜尋——看看有什麼動靜之外，偌大的營區和義民區，都是漆黑一片，一盞油燈和燭光也沒有，偶有婦女們「嚶嚶……」的哭泣聲傳來，悽悽慘慘，悲悲切切，頗有幾分「鬼域」的感覺。

「砰！」

「砰，砰！」

從遠遠的山崗上，傳來幾下槍聲。

王排長——王文正、吳得勝、丁元通，還有管訓處的李子健上尉同他的幾個弟兄們，都蹲在操場旁位。

「聽！是不是越盟份子打來了？」是丁元通的聲音。

「那可說不定啊！」王排長也說著。

「會不是『八路』？」

「目前還不至于。」

「將來呢？」

「現在不談這個問題。」王排長說：「如何給法國兵點顏色看？」

大家都沉默一會。

「大家沒有武器呀？」吳得勝說。

「有！」

「有？」大家都非常驚奇：「什麼武器？」

「嘿嘿……」丁元通說：「我那廚房裡，還有幾把切菜切，還有——」

「那管個屁用！」

「怎麼沒有用！咦——」丁元通有點不服氣，他說：「在喜峰口殺鬼子，都是大刀片——砍在鬼子的頭上，就像切西瓜一樣，手起刀落，一個一個——」

「少廢話，那是什麼時候——抗戰前，現在是——」

「一樣有用！」丁元通立刻打斷了對方的意見：「現在咱們手裡沒槍、沒砲，切菜刀就是好武器，殺幾個法國兵連點響聲都沒有，這叫做『神不知，鬼不覺』！白天咱們按兵不好，夜晚他們打瞌睡，咱們給他摸上去，怎麼樣？」

「好是好，」李子健也表示了意見：「我總認為殺幾個法國兵，還不是最好的辦法。而且，那些切菜刀沒有一把是管用的。」

「管用！管用！」丁元通的嗓門大了起來。

「你想逞英雄！打鑼吆呵出去？」有人警告他：「幹麼聲音那樣大？」

「對，對，他奶奶的！」他立刻把聲音放小了：「別看它是汽油筒改製的，總還比些竹竿子有用，不信咱們試試看！」

「好啦！好啦！」吳得勝老早就聽不下去啦，暗想：營裡的伙頭軍，叫他燒飯都弄得半生半熟地，還談什麼軍事作戰，這號人物都能打衝鋒，咱們還上操幹啥？他告訴老丁：「咱們聽聽排長的意見。排長你說呢？」

「切菜刀不是不可以當武器——」

「怎麼樣——」丁元通好高興，但是吳得勝立刻給頂了回去：「河邊無青草——不要多嘴的驢！」

「你以後少到廚房裡揩油！」丁元通也不甘示弱：「我連紅芋都不讓你燒！」

「你還有什麼看家本領？丁元通你說？——」

「好啦……」王排長打圓場：「有你們兩個在場就專門抬槓！能不能都少說一句！」

「……」

「我是說，除了菜刀也當作一項武器之外，我們的口、我們的筆，都是武器。」王排長接著說：「我們先要內部的意見一致、想法一致、目標一致，再用各種方式──包括遊行示威，向我們的政府報告，向國際間爭取同情，運用我們和法國的外交關係……這都是作戰！李上尉，你認為怎樣？」

「好，好，這個主意好！」李子健附議的說：「我們軍人好辦，還要動員義民──他們裡邊有教員、教授、地方行政幹部人員、商人、學生……真是藏龍臥虎，什麼樣的人物都有，咱們不光這邊動，還要發動來姆法郎和蒙陽，還有南部金蘭灣好幾個集中營的人馬，配合起來，展開行動才能發揮作用！」

「對付法國兵呢？」等了好大一會兒，丁元通又開腔了。他總覺得，不殺幾個法國兵──給他們點顏色看看，牙根就發癢！就恨氣難消。他常常發牢騷：「抗戰時吃鬼子的虧，剿匪時吃『八路』的虧，現在又吃法國人的虧，這一輩子沒完啦！」

「我們都要對付。」王排長說：「現在的處境很困難，我們要好好想法子對付，一直到滿足我們的願望為止。」

「砰！」

「砰，砰！吱──」子彈像拖著尾巴從天空劃過，也打破了黑夜的岑寂，使人意識到越盟份子的勢力一天天地逼近，使得恐懼的陰影漸濃，好像慢慢地籠罩過來，使這裡的義民更加焦慮、不安，誰也不曉得將來的命運是怎樣？能怎樣？大家好像大群的綿羊，被關在圈網裡，不但要忍受法國人的宰割、飢餓的煎熬，而且還要忍受疾病的圍攻！天老爺的心腸也變了！弄得喜怒無常，大雨來臨時，一哭就是多少天，弄得到處陰濕一片，遍地泥濘。晴天時，惡毒的太陽，像火盆似地，烤得到處乾裂，蚊、蠅猖獗，屍臭味沖天……。入夜以後，無法成眠，有人常常捶胸問蒼天：「我們好久才能脫離這座人間地獄啊！」、「我們上輩子，造的什麼孽啊！……」

夜深了。天空的曳光彈劃破天空，大家把希望寄託在明天，日子雖苦，雖難，但是活著的仍須想法子活下去，希望能從生活的窄縫裡，找出一條出路來。

「好啦，天已經很晚了！」李子健站起來告訴大家：「要拿出韌性來，繼續奮鬥！」

第二天早飯以後，大家都準備上操、做工，管訓處的門前，麕集著成百的弟兄，忽然「啊！」地一聲，好像山崩地裂地狂吼起來！有的把草帽擲向天空，有的互相擁抱，有的牽著手，又跳、又鬧、又唱……。

何家小柱子從丁元通——他乾爸爸那裡吃過早飯，經過管訓處門前，聽到大家瘋狂般地高叫著：

「總統復職了！」

「蔣總統復職了！」

他一溜煙地跑回住處，告訴奶奶：

「總統！總統！……」

「二嬸，二嬸！……」

小柱子又跑到隔壁韋家：

「總統來了！總統來了！……」

何奶奶正在梳頭，兒媳婦正在掃地，小英、小蘭從外面剛進來，韋太太也在收拾床舖。

「這孩子可真瘋了！」兒媳婦丟下梳子，哆哆嗦嗦地走出屋門，找小柱子。他正要跑向第三家，何奶奶把他叫住：「小柱呀！你怎麼瘋啦！」

「總統！總統！……」他還在氣喘如牛，胸脯起起伏伏地，幾乎說不出話來。

「回來！回來！」

小柱子把老太太看了兩眼，無可奈何地轉回自己的房裡，隔避的韋家都走過來，問他：

「小柱子，誰說的總統要來了。」

「那邊，人好多啊！」

「韋太太，你不要聽他的！」何太太走過來握住她的手，親切地招呼、讓座。

「不客氣！不客氣！」韋太太還是站在原地。小英、小蘭姐妹倆也很驚奇，大概小柱子的緊張神情，又沒有說清楚的緣故吧。

「噹噹……」前面的鑼聲響了，而且像雨點似地，是不是又失火了？還是發生了什麼事？鑼聲四起，越來越近，門前、門後，街道上都是驚奇的人潮。

「媽！媽！……」丁元通從人縫裡擠了過來，連燒飯的圍裙也沒有解：「這下好了！這下好了！……」

「把抗戰精神表現出來！」

「什麼事呀！坐下慢慢說。」
「總統復職了！總統復職了！」
「好久的事？」
「沒幾天——」他歪著頭想了想，忽然轉過臉來：「三月一號，對！就是三月一號！」
「噹噹……」的鑼聲，從右手的馬路上向義民村敲打著，半跑著過去。也有一些人，從另一個方向吆喝著、簇擁著過來，每個人的面孔，都是興高采烈的。
「媽，我在這裡也不能儘呆，我們要集合。我只是先來告訴這個好消息。」
「好，你的事多，就先去忙吧！」
「回來要告訴我們好消息喲！」何太太帶著滿臉的笑容，喜不自勝的樣子。
何太太想起前幾年，日本投降那時光，在淪陷區的老百姓也是敲鑼、打鼓、放鞭炮大家又跳、又鬧，比過年還熱鬧，日本人個個像喪家之犬，夾著尾巴，低著頭，東躲、西藏，恐怕挨打，中國人要剝他們的皮！如果，蔣總統來了，雖然不會剝法國兵的皮，反正也夠他們慚愧的！
丁元通說完了，就消失在洶湧的人潮中。大家都向大操場集中，有人已經製成了國旗，有人群裡吆喝著，像吃醉了酒似地。
老太太一轉臉，小柱子的影子就不見了。
「我也要去！」
「媽，我去玩玩就回來……」
小英、小蘭拉著韋太太蹦蹦跳跳地懇求著。

「不行。壞人會把妳們拐跑的。」

「媽！不會！」

「妳們會迷路的。」

「才不會……」她們掙脫了手奔向人群，告訴韋太太：「媽！我找小柱子，一會兒就回來！」

韋太太向前走了幾步，沒有抓住小英。

「哎呀！韋太太，今天是大家狂歡的日子，」何太太轉過臉來，是少婦型的金花，滿臉不在乎的樣子。她繼續告訴韋太太：「如今，已經是萬人空巷了，走，走……咱們一塊去。」

「妳去不去？」韋太太詢問何太太。

「好，」她看了看老太太，是含有徵求的意思。

「老太太也去吧？」金花問。

「唔……」老太太搖搖頭，拍拍肩膀，她說：「人究竟上了年紀了，到處酸軟無力尤其是關節部份老是酸痛酸痛的，吃也吃不下，喝也喝不下，唉！……」

「那也不能老是睡——還是出去走走比較好。」金花說。

「……」老太太搖搖頭：「我這把老骨頭，恐怕要丟在宮門了！」

「不會！不會！」

當她們彼此對話時，那些蟄伏在草房裡的男女老幼，都綻開了笑靨，像迎神賽會，更像北方人趕集那樣，從四面八方向操場集合，也有人在馬路上「哇哇」怪叫！也有不少人跑到大門口，隔著鐵絲網向法國兵示威、狂吼，好像要把幾個月來受的委屈，一下子給兜了出來，至少讓法國兵曉得中國人也不是好惹的，早一天解決無理拘禁的問題。

韋太太、何太太在金花的聳擁下都走了。老太太回到房裡睡在床上，才知道自己早已累了，腰眼裡總是酸溜溜地，腦袋裡好像空了半個，左邊疼了一陣子，右邊又疼了，有時，心跳得不規則，甚至有一兩秒鐘，心臟的血管裡有些小東西給阻塞住了，使人作嘔，心口悶得發慌，好像天旋地轉，連耳朵都響了起來。

她定定神，聽聽外面，操場上的人聲，比參加廟會的人潮還要厲害。

「總統復職了！」

這個意念彷彿是一朵白雲，從遠遠的大海上飄了過來，越來越大，一下子瀰漫了整個營區，在翻滾、升騰，在每一個人的心目中，成了擎天一柱，使人忘記了一切痛苦，變成了一股力量，匯成了長江、大海，浪濤滾滾，如萬馬奔騰！

老太太彷彿載沉載浮于波浪濤天的海洋上，悠悠地，不知飄到那裡？是東？是西？她彷彿化作一縷輕煙，在浮沉、飄搖，最後模模糊糊了，淡了！霧了！什麼也沒有了……一張空白……

「奶奶！奶奶！……」

在朦朧中，她聽到是小柱的聲音，有急促的腳步，連屋子都有些輕微的震動。

「奶奶，奶奶……王排長──王叔叔來了！」

她從幻夢中回到了現實，她感到心跳如響鼓，她老早就有這個經驗，唯一的辦法，就是不動，讓它慢慢恢復正常，否則，她會感到悶氣、窒息、頭皮發緊、冒冷汗、手腳冰冷……。

她睜開了眼，幾個人影在床前晃動，再看看每個人都汗淋淋地……。
「伯母，不舒服？」是王排長的聲音。
「奶奶，剛才操場那邊好熱鬧啊！」
她搖搖頭，兩手按床，想把自己的身體扶坐起來。兒媳婦——何太太過來幫忙。
「媽，要不要喝水？」
她沒有表示，開口便向王排長：
「我們好久才可以回台灣？」
「快了，快了……」王排長朝前挨近點：「總統復職了以後，就快了！剛才，在大會上恭讀了總統的一篇電報……」
「上面怎麼說的？」
「唔——」王排長想了想：「電文很長，大意是：總統于去年（按即卅八年）元旦發表宣言，把總統的職權交給李副總統（李宗仁），原希望消弭戰火，使大家過好日子，拯救國家。可是中共破壞和談，擅自改了國號。大家只好又敦請總統復職，來挽救國家的命運——」
「好，好……」老太太直點頭……
「奶奶，還有好多人弄自己，流血——」小柱子比劃著。
「噢！」
「是這樣的，」王排長接著解釋：「大家為了表示心向祖國，用鮮血染成國旗，用鮮血發誓，寫血書，來擁護政府，服從領袖……」

「把抗戰精神表現出來！」

「好，好……」老太太的語氣好堅定，連眉毛都豎了起來。「我們回台灣的日子快到了！快到了！……」

整個營區，義民們的住區都被統復職的消息激盪著、振奮著，大家互相走告，都認為集中營式的生活，就要結束了。回台灣的日子已經近了！

「可是還要好久才能上船？」有許多人在打著聽。

「早著哩！」也有人不大樂觀。

「為什麼？」

「咱們這兒的人很多，還有蒙陽的、萊姆法郎的、金蘭灣的……人可多啦！」

「多開些兵艦來，不就解決了！」

「沒那麼簡單！還有這裡的人回到台灣，先要解決吃和住的問題；還有職業、學生的安排什麼的，都要事先有計劃。還要同法國人辦交涉——」

「這樣說來，還不能馬上回台灣！」

「如果，法國人願意幫忙，也很快。」

「看這個樣子，法國人沒有那麼慷慨的！」

「不管怎樣，回台灣的希望已經大大提高了！」

人多意見多，不過大多數人還是抱著很大希望。有人天天站在高處，隔著鐵絲網，遙望著海鷗、大海，從天海相連的遠方，看看有沒有運兵的船艦出現……。

十・風緊雨急渡海

駐越高級長官和法國高級軍事首長交涉，磨爛了嘴皮，終於使數萬軍民離開了三個「集中營」——宮門、蒙陽和萊姆法郎。

原來，大家的意見是：

「除非回台灣，別的地方死也不願去！」

「這裡的越盟猖獗，交通線常遭破壞，所以大家的生活無法改善。」

「這是藉口！」

把大家送到富國島，那裡不受越盟份子的威脅，大家的生活一定可以改善的。」

「我們不是為了生活，而是為了爭自由！」

後來，把法國人給弄火了，他們說：

「你們再不聽話，把你們全體交給『八路』！」

「我們寧有一起跳海，也不願過一天奴隸的生活！」

法國人無計可施，又採取了低忞態，說富國島遠離越南，生命不受威脅，那裡山明水秀，物產富饒，大家可以自由自在，不僅以後不用鐵絲網圍繞著，而且在生活方面，保證可以獲得改善，連衣服也可以供給，他們說：

「如果，大家不相信，可以先派代表到那裡去看看，再作決定。」

又過了一段時間，蒙陽和萊姆法郎的軍民都幾乎走完了，宮門的軍民，才分批上船，準備開往富國島去。

何老太太帶著媳婦劉淑惠，孫子小柱兒和隔壁韋家三口人（韋太太秦秋枝、小英、小蘭姐妹），在一個艷陽高照的日子離開了宮門的「集中營」上了一艘運兵船。

行前她們看到別人都去上墳、燒紙，老太太不由得泫然淚下，不斷地擦眼淚：

「媽，」兒媳婦勸她：「妳還哭什麼？」

「我……我……怎麼能不難過呢？」

她們一起站在船舷上，遙望著西天，海風陣陣地吹來，仍然感到炎熱無比，站的地方，像燒熱了的鍋底。

兒媳婦一把攙扶著老太太，一手替她擦眼淚，心情很複雜，天天泡在痛苦的死潭裡，人都幾乎完全麻痺了，飢一頓、渴一頓，什麼都吃，就是填不飽肚子，法國兵氣勢漢洶洶的樣子，告貸無門的義民，期盼、茫然的大眼睛、茅草房、成百上千的墳墓、腐臭味、霉濕味……充滿了滿腦子，每個骨頭關節都是酸痛的……

「媽，妳就別哭了！」

「唉！」老太太嘆了一聲：「別人死的爹娘、兄弟姐妹，都有個墳頭、木牌子，將來還有回去尋找的希望，可是小柱子的爸、媽，一個被『八路』打死了，一個滾到山溝裡摔死了，連個屍首都……都……找不著呀……」

說著說著就放聲大哭，哭得大家都紛紛落淚，有的人，好像開了淚閘，一下子都哭成一片，連駕駛艙、和過來過去的法國兵都直搖頭，不知是同情、還是瞧不起這群失去了家庭和親人連叫化子都不如的難民。

「老太太哭什麼？」

她似乎并沒有所聽見。小柱子拉拉奶奶：

「金花嬸來了……」

老太太擦擦眼淚，擤鼻涕。

「老太太要保重身體。」金花說：「什麼事都要想開點，你們還有孫子、兒媳婦、還有個指望……」

何太太一聽金花說得很有道理，便轉過身來：

「唉！妳也是滿可憐的！」

「我和妳們一樣——也有自己的家、自己的公公、婆婆、丈夫、孩子……現在啥都沒啦！幹嘛已經夠苦的了，再給自己、人家增加苦難呢？是不是？老太太？」

老太太點頭，但還是不斷地流淚：

「這都是不由人呀！我們的家庭是幾代、幾十代相傳下來，一向就是過著平安的日子，連「長毛造反」、北洋軍閥，日本鬼子都沒有怎樣我們，可是『八路』來了，連根都拔了呀……」

金花的眼睛的溜溜地一轉，趕快蹲了下來，握住小柱子的雙手：

「坐輪船，好不好玩？」

他木吶地。

「怎麼不說話？」

他看著她。

「是不是暈船？」

他沒有表示。

「吃不吃葯？」

他搖搖頭。

「哎呀！」她握緊了柱子的手：「你那裡不舒服？」

「柱子，怎麼不說話？」何太太也問他。

「向金花嬸說呀！」

小柱子在流淚。

「哭什麼？」何太太說。

「柱子一向就很乖，平常很活潑，」金花把他摟在懷裡，問他：
「那裡不舒服？」
「……」他掙脫了雙手：「我的花貓不見了！」
「什麼？」
「我的花貓沒上船！」
「沒上船？」金花笑了笑。
小柱子點著頭，滿臉的愁雲、撇著嘴、想哭而沒有哭出來的樣子。
小英和小蘭低著頭，不時偷看一下柱子，十分同情他，但都不知說些什麼才好。
在金花的微笑中，一條小花貓算得了什麼！看看滿船上人山人海——擠得連下腳的地方都沒有，不要說丟隻貓，就是死個人，還不像丟隻瘟雞一樣！
「小柱子，別難過，到了富國島，我替你找隻更好、更大的花貓。」金花用手比劃著，表情很認真。
「不要！」小柱子搖著膀子：「我要原來的。」
「小柱乖，」何老太太把他瞄了一眼：「奶奶在家怎麼給你說的？」
老奶奶兩腿發抖，韋太太和金花都去摻扶她，就在原處蹲下，然後坐下。
「老太太那裡不舒服？」韋太太問她。
「大概暈船。」何太太說：「妳看船搖擺得多厲害！」

掛著三色「藍、白、紅」旗的輪船，破浪前進，在波濤中載沉載浮，有時雪白的浪花，傾注在船頭上、甲板上，好多人一下子變成了落湯雞。他們想挪動一下，都很困難，而且想擠到裡面的人又很多。

「老太太，」金花說：「我替妳找點開水來。」

「那裡找嘛？」何太太說：「在家千日好，出外一時難，我們就湊合點吧。」

「老奶奶氣色不好，我去找找看。」

金花說完，就在人縫裡挪動著腳步，身子東倒、西歪，有時還要彎下身子，扶著別人才能走過去。

「唉！」何太太嘆口氣：「別看金花流哩流氣地，倒是很喜歡幫助別人。」

「起初，我很看不慣她！」韋太太說：「誰願意跟這種招蜂惹蝶的女人來往！」

「她倒什麼也不在乎。」

「說真格的，這個小娘們可長得滿標緻，天閣飽滿，地閣方圓，再加那對水汪汪的眼睛——」

「她的身段也不錯啊！大大的胸部，細細的腰桿，走起路來婀娜多姿，怪不得那些班長什麼的，都被這個小妖精給迷住了！」

「連法國兵都常常向她『哈囉、哈囉……』的打招呼。」

「真的？」

「不然，那些巧克力、口香糖那裡來的？」

「哎呀！我的天啊！」何太太倒抽了一口冷氣，然後問韋太太：「妳怎麼知道的？」

「隔壁小孩拿著巧克力，向我們小英、小蘭誇耀，說是：『金花姨給的！金阿姨給的！』，妳說這個小娘們有多大的本領！」

「何太太，如果不是戰亂，她是不得了的！」

「唉！亂世呀！亂世！」

「她原來是幹啥的？」

「唔，聽說是個賣唱的，」

「怪不得她的嘴巴那麼巧！」

「唉！」何太太慨嘆著：「像她這種女人，好有一比——」

「比作什麼？」

「路旁邊的野百合——風不怕、雨不怕，任你怎麼樣，她都會生存下去的！」

「像這種女人就不該逃出來受罪的——跟著『八路』泡在一起，還不是吃香喝辣的……」

「格，格……」韋太太竟噗嗤地笑了起來：「這妳就不懂了。金花不是說過：『那些「八路」都是涼水退雞——一毛不拔！妳不但吃不著他們的香的，喝不成他們的辣的，有時還要貼上老本；更說不定還要賠上一條命！他們的鬼名堂可多著哩！』」

小柱子遙望著西天，西天被染成金黃色，片片的雲花，像鑲了金邊，千、萬條金光，照耀在起伏的波濤上，閃閃發生，使人眼花撩亂，雪白的海鷗在天空中上下翱翔，多逍遙！多快樂樂。小柱子也想著有一天自己也變成海鷗、唔，還有小英、小蘭都變成海鷗，大家在天空中飛舞那才好玩哩！

可是，現在是一條船、船兩旁的欄杆、走道、扶梯，到處是人，像滿船的沙丁魚。落日餘暉收斂了，海風吹來，已經有了涼意。

金花右手拿著水壺，從水縫裡、一面打著招呼。「對不起，讓點，讓點……」，一面邁著腳步，越過別人的身子，從擁擠的人縫中慢慢走過來：

「老太太，水來了。」

「媽，」何太太推推她。

她睜開了眼睛，望望金花。金花送過來水壺：

「老太太，水不很熱，喝點吧？」

「奶奶，我也要喝水！」小柱說。

「讓奶奶先喝，乖！」

「小柱子看看何太太——自己的三嬸，便低下頭，不再吭聲。

小英、小蘭看著水壺，又看看媽。韋太太立刻睨了他們一眼。

金花看在眼裡，裂著嘴，笑了：

「小妹，水壺裡的水很多，奶奶喝過了，馬上輪到妳們姐妹倆。」

「不，」老太太說：「先給她們喝！先給她們喝……」

她們推來推去，還是先給小英姐妹倆喝了，接著是小柱子。

當她們輪流喝水時，面前出現好多手，有枯樹皮般的手，有小孩的手，細的，黑的，瘦的手……還有乞求的聲音：

「太太，我的孩子有病，給留一口水夠了！」

「我媽吃不下東西，就是要喝水！」

「我只要半小碗水呀……」

「……」

金花把剩下的水遞給老太太。

老太太搖搖頭，沒有接水壺。金花用壺蓋替她倒了一杯，遞給老太太：

「妳還是喝了吧！」

老太太儘是搖頭，她說：

「大家都是出門在外，一同逃離，還是先讓病人喝、小孩喝……」

金花沒有動，哀求的聲音不絕于耳。何太太、韋太太都告訴金花：

「那就接受老太太的吩咐吧——把水給他們喝……」

「恐怕不夠啊！」金花告訴大家：「一人只能分配一點點，大家只好暫時嚐嚐。」

「好，好……」

「謝謝太太！妳做了好事！」

金花很快把水分配完了，還有幾隻杯子是空著的。而且秩序很亂，有人又爭又搶，有人好不容易得到的水，又被破潑了一些，他們在爭執，在咒罵，一時，人聲噪雜，幾乎打鬧起來。

「太太，可不可以交涉多供些水？」有人提出了建議。
「我已經交涉過了。」
「幾天可以到富國島？」對面哪裡又叫了一聲。
天已經漸漸暗淡了下來，輪船上已經亮起了電燈，和天上的星星相互輝映。輪船的馬達聲，總是「噠噠」地響著，海浪不時在船頭上撞擊著，發出「呼呼咧咧」的聲音，隨之而來的是海水在甲板上跳躍，把大伙兒澆得全身是水。
「哎呀！水來了！」
「把人沖走了！」
「救命呀！救命呀！……」
法國人似乎裝聾作啞，也許根本沒把這件事看在眼裡。也好像讓他們自生自滅、順其自然，人黑鴉鴉地，甲板上下，連插腳的空兒也沒有，誰叫他們逃離？誰讓他們去尋找自由、去爭取自由的？爭自由也要付出代價的？
難民們都有一個問號：
「幾天才能到達富國島？」
「誰知道？」
「也許三五天，有人猜測：「如果慢的話，在海上要躭擱一個禮拜也說不定。」
「那不是完了嗎？——餓不死，也會把人渴死的！」

「哎呀！把人擠死了！」

「好冷呀！」

在大家怨恨聲裡，有大人的叫罵聲，病人的呻吟聲，小孩的哭泣聲……叫鬧成一片。

「小柱子，冷不冷？」是何太太的聲音。

「冷！」

「小英、小蘭，把衣服穿起來！」是韋太太的聲音。

「老太太，」金花提高了嗓子：「妳感覺怎麼樣？」

「……」老太太沒有回答。

「要不要到下面統艙裡？」

金花說了這句話，又很後悔。因為，下面的艙房，人更擠，聲音更嘈雜，機器的響聲更厲害，還有那種濃重的柴油氣味，空氣污濁到了極點。有許多人無法進入廁所，就隨地解決了，招來別人的謾罵和羞辱。

法國水兵起初還到人群裡看看，但是臭氣太大，他們也不願意再看了；好像中國人就是那樣的。

老太太沒有講話，何太太和韋太太、金花把隨身携帶的包袱解開，拿出被單，把三個孩子裹在中間。大家圍在一起，把頭包起來，裡面儘是腳手，大家相互地交叉著，壓擠著，過了一段時間，大家再換換位子，互相交換一下，你倚著我，我靠著你，又恐怕擠死了孩子，想睡又無法睡，不睡又睏倦疲乏，大家都是在半睡眠，半醒的狀況下在熬夜，在掙扎、在忍受……

風在呼嘯，波濤無時無刻不在沖撞著輪船。輪船像玩具，被波濤托上去，又摔了下來，輪船像個喝醉的酒鬼，跌跌撞撞，東倒西歪地行於海上，好像隨時會被大海吞噬掉，人的生命到山此時，連隻小螞蟻也不如了……

「唉！」何太太伸出頭來，望望天空。天空裡繁星閃爍，銀河燦爛，牛郎織女的星座，分列銀河兩岸，每年七夕，他們都有在鵲橋相會的一天，可是，自己的丈夫何文華轉戰南北，至今是死？是活？將來能否一見？現在情況如何？……她卻無法知道答案，實在比織女還不如。

「妳沒睡？」韋太太也伸出頭來問她。

「怎麼個睡法？」何太太反過來問韋太太。

兩個人沉默一會兒。

「小英的爸爸呢？」

「這只有老天爺才曉得！」

「也沒有來過信？」何太太又問。

「一年多以前，他從北平來過信。」

「她回信了沒有？」

「回過，可是信被退回來了，因為他已經不在那裡了！」

「唉！」兩個人都嘆息了一聲，便又沉默了。

「呼——」深夜裡的海風特別大，幾乎把她們圍在身上的被單捲了去。

「何太太，」韋太太問：「妳看吳得勝——吳班長這個人怎麼樣？」

「韋太太我不明白妳的意思！」
「啊！何太太妳別誤會，我看他常常照顧妳們——」
「韋太太，妳應該看得出來的——他是不按好心，這種另有企圖的人，我怎麼——」
「小柱子的乾爸—丁元通這個人怎麼樣？」
「韋太太，妳這是怎麼的？」
「沒，沒什麼？」韋太太有點不好意思，稍稍停了一下，她接著說：
「妳我都是女人，我們的心理，不說也明白，處處需要別人的照顧，否則，渴死、餓死、被欺負死……」
「韋太太，我們都是有丈夫的，上有老的，下有小的，唉！想那麼多做什麼？」
「嘩……」一個大風浪過去了。隨之而來的是一陣雨水，風雨過去了。她們又恢復了談話：
「可是又不能不想！」韋太太突然靠近了何太太的耳朵，小聲的問：「金花睡著了？」
「人家吃得飽，睡得著，不是還在打鼾嗎？」她反來問韋太太：「妳問她做什麼？」
「唉！」她嘆了一口氣：「生在亂世，還是這個女人有辦法，天塌下來她都不愁的。」
「愁也沒有用？」
「是呀！」韋太太說：「咱們明明知道愁也沒有用，可是，老是擔心這，擔心那，想東想西地，一點也由不了自己呀！」
「還是走一步，說一步吧。」
「這樣說來，還是金花有福的。」

「哎——唷——」何太太打了個呵欠，揉揉眼睛：「人不能比吶，各人有各人的想法，……唔……有些人硬是不見棺材不流淚的！」

「誰？」

「妳能不曉得？」

「啊！」韋太太這才想了起來：「不談這些了。」

「咚，咚……」引擎聲隨著風聲小了，漸漸明顯起來，甲板上小孩的哭泣聲，老年人的咳嗽聲此起彼伏，大概已經受到風寒了。

「唉！這真是度日如年，何太太你累不累？」

「累了，有什麼辦法？」

「妳說，」韋太太忽然想起來：「丁元通、吳得勝、王排長他們，不知道怎樣了？」

「不是去了富國島？」

「是呀，而且是前幾批去的。」韋太太說：「我是說，他們也該來封信的？」

「大概事忙。」

「再忙也該來封信，至少小柱子的乾爸爸——丁元通該來封信的。」

「他不會寫。」

「可以託人寫呀！」

「……」

「何太太，妳睏了？」

「頭好暈，老想吐，吐又吐不出來。」

「這是暈船，我也是的。所以……如果沒有人聊天，時間過得更慢。」

何太太摸摸小柱子，替他拉拉衣服，把圍在身上的被單裹緊。

黎明漸漸來臨了，却沒有曙光，而是潑了墨的烏雲，重重地、低沉地，從四面八方壓下來。

停止沒有好久的風浪重新捲來了，輪船似乎變小了，在海上變成了玩具，隨著波浪的顛簸，左右傾側，她好像在浪濤上爬坡，又好像被玩弄著，當她被高高舉起時，波浪又從週圍升起。好像對半開玩笑地說：

「妳要想爬高，我就把妳重重地拋在谷底！」

「唰！」一道閃光斜刺裡從船頭上划過，緊接著便是一聲天蹦地裂般的響雷，就在頭頂上爆炸，使很多人從半睡眠中突然醒來，有的抱著小孩，有的牽著兒女，有的摻扶著老太太，都擠向扶梯。有的高喊著：

「『八路』來了！『八路』來了！」

是他們沒有睡醒？還是在潛意識中，仍然沒有揮去，沒有淡忘『八路』的影子？還是被『八路』的槍砲聲嚇破了膽子。也許腦子裡塞滿了人間所有的苦難和所有的折磨？

「哇！天呀！」

「……」

許多人在痛哭，在嚎啕，大叫……

大家都在逃命，也顧不了自己的被單被掀走，別人的老弱被踐踏，是死是活？甲板上擠作一團、亂成一片……

「嚨嚨……」的雷聲，在閃電的交相輝映中，震耳欲聾，大雨像撒在海上的銀絲，由遠處很快地席捲而來，使人無從準備地遭受到襲擊，甲板上，刹那間都是瀑雨，分不清是自天上落下的，還是從船頭上傾瀉而來的海水……。

「媽……」

「奶奶……」

小柱子、小英、小蘭如同大夢初醒，都嚇得哭叫起來。老太太、何太太、韋太太和金花渾身都濕透了，身子下面墊的衣物，都是濕淋淋地，甲板像冰塊——奇寒無比，大家都打著哆嗦。

孩子們都想站起來，找個地方躲雨去。

「怎麼辦？」

「這不是要命嗎？」

何太太和韋太太都手足無措。

老太太摟著小柱子。小英、小蘭都互摟著，又使勁地拉住媽媽。

大家都擠成一塊，又被三面的人牆擠壓著，另一面的欄杆被金花死死地抓住：

「大家都不要動！」金花在混亂中，緊急的情況中拿出了自己的主張：「動了就會被踩死、擠死！一點用處也沒有！」

耳朵裡儘是大人小孩的哭叫聲，陣陣風聲、雨聲，形成了一片混就、恐怖和緊張……

金花和何太太、韋太太死勁地拉緊了蒙布，但是，雨水還可以從甲板上流過來，從蒙布的空隙裡鑽進來。

「把人悶死了！」

「把人擠死了！」

「放開我！放開我！」

孩子們都在吼叫。

「小柱子乖！小柱子乖！」金花勸著他們：「雷暴雨不會太久的！我們支持下去！暫時忍耐點……」

「柱子要聽話啊！」何太太也勸著自己的姪子。

「這要等好久嘛！」小柱子問。

「快啦！快啦……」

「媽！媽！」何太太拉拉老太太。

她看看老太太低著頭、抿著嘴、緊緊摟住小柱子，心裡有些害怕，萬一發生意外，那該怎麼辦？

「老太太！老太太！」是金花的聲音：「是不是那裡不舒服？」

「沒……沒……」老太太的牙齒似手被凍殭了。她的腮膀動了好幾次，才說出：「沒——什——麼……」

幾個人都放了心。但都希望風雨趕快吹過去！輪船能安靜些、平穩些。

「老天爺真想毀我們！」韋太太說。

「唉！也是對我們的一種懲罰。誰叫大家不爭氣！不然，不是在家過著太平的日子！」

「好啦！好啦！」金花說：「想那多幹啥？」

「唉！」韋太太說：「這條船能開向台灣有多好！不是沒事了？」

「韋太太，」金花說：「妳等著瞧好了——將來總有那一天的。」

「真的？」

「當然啦。」

「唉！」韋太太想了想，以洩氣的口吻說：「那要不知等到何年何月嘍！」

「嚨嚨……」的雷聲，由遠而近，又由近而遠了，也小了許多。風、雨聲也由大而小，漸漸稀了、少了。

人們的心頭開始舒展開來，心情也放鬆了許多，那些靠著房艙縮做一團的大人，小孩都擴大了活動的範圍。那些塞進甲板下面、扶梯、走道的難民，也開始湧了上來！他們一個個蓬頭、垢面、哆哆嗦嗦的樣子，怎麼能經得起如此這般的摧殘的折磨，而且還能動，還知道領著自己的孩子，攙扶著自己的親人，找個比較好點的處所，來延續生命。

金花看在眼裡，一點也不稀奇，她認為：「人不死就要活著，而且想活得更好些、更舒服此。甲板上面過得太壞，就找個地方躲躲，下面透不過氣來，只要能動，還是要掙扎、要奮鬥！這是人的本能：要找個更好的生活環境，即使一小時、一刻鐘、一分半秒，也絕不放棄。人，就是這樣的。」

甲板上的難民，都開始整理濕淋淋的衣服、被單、蒙布。有的把水扭去，重新披在身上，儘管很濕，但總比披著一身水衣好些。有的人一使勁，衣服已經破爛不堪了，丟進海裡捨不得，穿在身上既不能擋風，又不能避雨，惹得上面艙房的法國兵，推開窗子向下譏笑。好像別人愈痛苦，他們便愈快樂，愈顯得高高在上。他們的心目中，這些難民，連他們的一頭小狗也不如。

雲層很低，像煙也似霧，從桅桿上飛過，陽光從相反的方向時明時暗地奔馳。

「魚！鯊魚！」有人高叫著。

「好多的鯊魚！喏！看！」靠欄桿的兒童們，有的已經站了起來，用手指指點點地高叫著。

大群的鯊魚，有的和輪船比快，那麼活潑、自然而又逍遙。有無數的鯊魚從水裡穿出來，又「噗通」一聲再鑽進水裡，就這樣時而水上、時而水下，一時蔚為奇觀。

如果，在平時大家是航行於海上的旅客，一定會被這種魚躍的奇景所吸引。可是，這些幾乎陷於絕境的難民們，好像沒有一個有那麼大的雅興，每個人都被這無情的災難所啃噬著，誰也不曉得下一個時刻的命運是怎樣的！吃東西都失去了味口，誰還有心思欣賞這些「奇景」！

魚群的出現并沒有給大家帶來多大興趣，衣物稍稍整理後，苦難的陰影捲土重來，每個人都像生了疾病一樣，肚子癟了下去，還不知道餓，法國人發的少量「口糧」，也因為淡水受到嚴格控制——得不到適當的供應——被大家視為「珍品」而失去了「品嘗」的味口。

呻吟聲、兒童的哭叫聲，漸漸又被有節奏的馬達聲所代替了，突然有人高喊著：

「拉住她！拉住她……」

「有人跳海了！有人跳海了！」

當金花轉身向大海觀望，連個人影也沒有看見！

何太太、韋太太都掀開被單，隔著欄桿向上張望時，除了滾滾的浪花以外，什麼也沒有。她們儘量向海上，向船後觀看時，也找不到跳海的母親。

老太太睜開眼睛，看了看自己的兒媳婦，摸摸小柱子，又閉上眼皮。

這個跳海的母親是誰？她為什麼跳海？是別人侮辱她？是生病？是瘋了？是氣忿？是……？

後來，聽別人說，她的唯一的孩子，死於風雨交加中，她沒有流淚，跟平常一樣，只是從人群中，擠到船邊抱住孩子躍向大海，當大家發覺時，已經挽救不及了……。

大海仍然在翻騰，雪白的浪花不斷地消長，輪船仍在破浪前進……。

十一・我們的國土在哪裡？

經過七天六夜的海上生活，輪船終於到達富國島的海面。本來，那天下午清風徐來、波光鱗鱗，滿天雲霞，海鷗悠閒地在天空翺翔，當時的景緻非常優美的，但是却很少有人在船面歡呼，在甲板上欣賞。因此，七天來的風吹、日曬、雨打、乾糧不足、飲水奇缺，輕病的變成重病，沒病的人，也擠在艙房裡、甲板上呻吟。生與死的對他們已經沒有界線了，對生活已經遲鈍了，痲木了，人際的關係，極其冷漠、淡薄，以前的那份焦急，對事物的警覺，靈敏的反應、關切，恨與愛……都折騰的無形無踪。如今，只賸下一口游絲般的呼吸，微弱的盼望和乾涸的心田，需要大量的雨水去滋潤。

「老太太，富國島到了！」金花說。

何奶奶睜開眼、沒有動、也沒有講話。

「老太太！」金花把聲音提高些：「到達富國了，馬上就要下船！」

她好像失去了知覺。三個孩子還沒有睡醒。船面上、黑鴉鴉的人群，開始復活了，大家彷彿有了知覺，到處都在蠕動，還有「嗡嗡」的響聲，噪雜聲……。

「媽！」是二兒媳婦劉淑惠的聲音。

老太太翻翻眼皮，身子動了一下，還躺在原地。

「看！小船來接我們上岸了！」金花指著西面。

「老太太要下船了！」韋太太也跟著說：「苦難就要結束了！」

「小柱子，起來！起來！」何太太催促著。

「小英、小蘭，」韋太太喊叫著自己的孩子：「妳看！妳看！到了什麼地方了？」

三個孩子相繼醒來，揉著眼睛，哭喪著臉：

「有沒有水？」小柱子像哭了一樣：「二嬸，我嘴疼！」

何太太看看他的嘴角，嘴唇都是破爛的，還留著紅紅的血絲：

「小柱子，」金花指著小英、小蘭：「人家的嘴唇、嘴角，還不都是破爛的？」

「哎呀！大家都是一樣！」何太太說。

老太太翻過身，很痛苦的樣子，顯然有些病痛。

「那裡不舒服？」何太太說過這句話，又很後悔。暗想：這不是明知故問嗎？自己的骨頭、突出的部份，都已被甲板磨痛了，簡直弄傷了，老太太年紀一大把，這一路熬過來，她能不痛、不難過？

甲板上的大人、小孩都擁向欄杆，遙望著西天，每個人都背著小包袱，艙房裡的人，都擠上來了！

「下船了！」

「岸上有好多人呀！」

「都是來迎接我們的！」

有些小孩已經跳了起來，手舞足蹈地好高興。

「媽！」何太太把老太太扶了起來：「先活動一下筋骨，不然，等會一步路也走不成的。」

「老太太，我去收拾一下就來！」

「金小姐，」何太太很感激地拉住她的手：「一路上要不是妳的照顧，我們會渴死、餓死的！」

「那裡！那裡……」

金花一轉臉就不見了。

何太太不由得搖搖頭，是驚嘆、也是欽佩：「沒想到這個人是很講義氣的！」

「可惜有點流氣，」韋太太撇撇嘴：「這個人說來就來，說走就走，女人嫉妒她，男人想碰她，又恐怕刺傷了手，像枝毒玫瑰似地。」

「媽！」小英、小蘭都皺著眉頭：「人家渴死了！」

「乖，下了船就有水喝了。讓妳們喝個夠！」

「媽！人家的嘴巴好疼，光給餅乾吃、吃又吃不飽。好久能吃得飽嘛？」

「下了船，下了船……丁伯伯會做香噴噴的飯給你們吃！」

「我要吃三碗！」小柱子也高興起來，好像雪白的米飯已經擺在面前，那種誘人流口水的香味，不知有多好！有多美！

下船的男女老幼人多，十多艘木船，往來穿梭地運送義民，船上還是人山人海，法國兵拿著木棍在吆喝、在怒斥，彷彿在對付一批牲口，木棍子在空中揮舞著，前面的人向後退，後面的人向前擠，有的哭，有的叫……。

「各位，」有人高叫著：「幾天幾夜咱們都忍受過去了！不要擠！不要擠……」

「各位，不要在法國人面前丟人現眼！」

於是，有些大人已經出來維持秩序，大家也就不約而同地讓病人先下船、後面便是小孩、婦女，而且，在扶梯處也有了空隙。

剛才，法國兵像對付犯人似地兇像，一下子都和藹了，而且有人翹起大姆指。

夕陽西下的餘暉已經消失了，夜幔悄悄地撒下來，船上的燈火和岸上的燈光互相輝映。

「老太太！老太太！」是金花的聲音，她扶著欄杆在尋找，又高叫著：「柱子！小柱子吶？」

「在這裡！金阿姨！」

「妳們怎麼還不下船！」

「人好多啊！」

「走！」金花拉著柱子，右一隻手摟著小英她們、低頭彎腰、問老太太：「咱們下船吧？」

老太太點點頭，用手撐住身子想坐起來，可是幾乎沒有動，何太太和韋太太趕快去攙扶，半扶半拉地才使老太太站起來。

「我不行！我不行啦……」老太太的聲音微弱而顫抖：「好暈……」

「來，我們架著妳走走，就好啦！來……試試……」
「唉！活著等於受罪！」老太太努力地站起來，老感到頭重腳輕、每個節骨眼像澆了醋、受了傷、天旋地轉地光想嘔吐、吐又吐不出來，兩腿軟弱無力，直覺要栽筋斗，自己的身體，都當不了家。
「老太太，過一會會好的，在船上顛簸太久了的緣故，」兩個人架住她，一步步地向前挪動，三個孩子倚偎著，老的老，小的小，大家看她們來了，趕快閃開點。
「謝謝大家！謝謝大家……」金花開著道，下了輪船，又上小船，飄呀飄地划了好大一會兒才上了岸。
腳步聲很零亂，能聽到前後的人聲，却見不到人影。偶爾有一兩盞馬燈，在前後晃動著猶如鬼火。如果，不是人多，真令人有些毛骨悚然的感覺。
「各位，」有人指點著：「前面就是接待所，大家再多走點。」
「還有多遠？」
「快啦！快啦！馬上就到。」
大人、小孩都跟著前面帶路的聲音，朝前走。年輕人還趕得上，可是年紀大點的，生了病的，走不多遠，就「噗通」一聲，倒在路旁，也沒有哭叫的聲音，是過於疲乏？還是病死了？誰也不曉得。天黑嘛！誰能看見誰？死了的，什麼苦也不要吃了，什麼罪也不要受了。那些沒有死的，第二天還會爬起來朝前走，要吃、要喝、要掙扎、要把希望變為事實。
第二天早上大家醒來，才發覺有的睡在路旁，有的是被簡陋的草棚子遮蓋著。

太陽從海面上升起，高大的椰子林披頭散髮地晨風裡舞動。附近都是一人多高的茅草，被風吹得「嘶嘶」作響，海風帶著鹹而腥的氣味，地面是沙土、貝殼、雜草。

「媽！」何太太看見老太太睡在一堆茅草裡，還沒有睜開眼，但右手老在抓自己的胳膊、大腿，想必是受到蚊蟲的騷擾。但自己却沒有這種感覺，只看到自己的腳手像出了痲疹似地，儘是血紅的斑點。

「媽！」何太太又叫了一聲：「太陽曬人了！」

她看看兒媳婦，摸摸身旁的小柱子，又閉上了眼睛。

「媽，好些了沒有？」

「好久才到富國島？」老太太問。

金花坐起來向何太太交換了一下眼色。

「這就是富國島——我們不是一同下船的？」

「怎麼還在搖晃！」

老太太重新睜開眼，看看天上的白雲，茅草蓋的棚子，週遭的人，都在搖晃，都在動……耳朵裡仍是馬達聲，噪雜聲。

「媽，過幾天就會習慣的。」

陽光已從椰子林裡照射過來，沙灘上盡是零亂的腳印、茅草、罐頭盒、破布、便溺的氣味很重。

「走哇！飯來啦！」不知誰吆喝了一聲，許多飢餓的眼睛，隨著喊叫的地方，都衝了過去。

「何太太，」金花對她說：「妳陪著老太太，我去弄點飯來。」

「我媽可能更需要水。」

「那我順便也帶點水來。」

「我也要去！」小柱子說。

小英、小蘭看看媽媽，帶著祈求的眼光。她們嘴角都爛了。

「我們都去看看。」

當她們剛剛離開了草棚，丁元通額頭冒著大汗，在焦急地尋找每一個蜂擁過去的人群，并且喊著：

「柱子！柱子你在哪裡？……」

「爸，我們在這裡！我們在這裡……」

小柱子一面答應著，一面急速地跑過去。

「爸！」

「柱子！柱子……」丁元通一把拉住他：「奶奶呢？你二嬸？」

「喏！」柱子指著來的方向：「就在那兒！」

「呀！丁班長，」金花說：「你現在才想起來呀？」

「唔，金花，金花……」丁元通高興得不得了：「韋太太、小英、小蘭，咱們總算又見面了！嘿嘿……哈哈……天老爺總算有眼睛！」

「奶奶和二嬸在那邊。」小柱子掙脫了他，又跑了回去：「奶奶呀！爸爸來了呀！……」

「媽！媽！」丁元通三步作兩步，飛也似地跑到老太太的面前，一面擦汗，一面蹲下來，拉住瘦弱的雙手，激動地喊著：

「媽！媽……我來了……」

「媽，」何太太接著也走了回來，告訴老太太：「丁大哥來了！」

老太太緩緩地睜開迷朦的眼、點點頭，淚珠兒成串地流出來。

「媽！不要難過，以後什麼都會好的……」

「我們昨天就到了。」金花說。

「是呀！」丁元通也說：「昨天，我一直找妳們找到深夜，還準備了飲食，可惜沒找到妳們！」

「現在還有沒有？」

「有！有！——多得很！多得很……我去拿……」

但他馬上又改了口氣：「恐怕現在都沒有了！我再燒些開水來！不不……」

他猶豫了一下，便說：「睡在海灘上曬太陽不行，我先把媽安頓好了再說。」

「不行，爸！」柱子拉住丁元通：「我都要渴死了！我要喝水……」

「真的，大家都渴得心臟冒火！」金花說：「吃東西可以慢點，先喝點水再說。」

丁元通翻翻眼皮，頗為不安地告訴大家：「我們有接待人員，先把媽抬到診療所，我去拿水，讓大家喝個夠！喝個飽！怎麼樣？」

十二・死裡逃生，重建學校

義民們被安頓在義民村，漸漸都能適應富國島的生活。

由河南遷到衡陽的中學，改稱為「豫衡中學」，也在那裡復校。原來有兩千多位教職員和學生，經過一路上的逃離、傷病、掉隊和死亡，只剩四五百人。

因為幼年的兒童也不少，又成立了一個幼稚園，由豫衡中學負責監督。小柱子和小蘭也都上了幼稚園，小英讀小學。老太太的二兒媳婦劉淑惠是上過師範學校的，也教過書。再經過金花的奔走、交涉，她便當了幼稚園的老師。

在幼稚園裡，也和豫衡中學一樣，沒有風琴自不必說，起初連桌、椅、黑板、運動場、籃、排球都沒有，更沒有書本，文具。所謂「上學」，也只是有老師，有學生，大家在一塊席地而坐，把樹枝當成筆，地面當成黑板，練習簿。由老師口述、學生記（或演算）在地面上，一直到後來軍方替大家蓋好了草茅，做好了桌凳，到陽東鎮（實際上是個幾十戶人家）買點文具什麼的，才算正式上課。

當豫衡中學和幼稚園的小朋友搬入教室、坐在凳子上課的那天，將近五百個男女學生，小朋友，站成縱橫的隊伍，在新闢的操場上，舉行升旗禮，大家唱完了國歌，帶隊的老師一聲：

「敬禮！」

所有的師生都一致舉手，向升旗台行注目禮，一幅鮮艷的青天、白日、滿地紅的國旗，在晨風中冉冉升起……

有些人的眼睛在閃亮、一串串的淚珠在默默地流下來，有些人竟情不自禁的抽泣……。

正當千百人陷於極度莊嚴、肅穆而悲憤的氣氛中，突然，有一小隊——七個法國兵，邊著整齊的步伐，穿著耀眼的制服，也沒有經過通知，竟儘自闖了進來，氣忿地走向升旗台，有人從學生手裡奪過繩子，很快地把旗子降了下來，并且把國旗帶走。

大家在沒有心理準備的情況下，被這意外的事件給住了！是阻止還是不阻止？是氣憤、是驚慌！還是……？大家一時進退兩難，不知如何是好……。

「還給我們國旗！還給我們國旗……。」

一位滿臉鬍鬚，頗為瘦弱的青年——大約三十歲上下，蓬鬆的頭髮，穿著汗漬斑斑的短袖褲掛，腳上是破草鞋，他從場外飛快地衝進來，向法國兵高喊著：

「站住！還給我們的國旗！……」

法國兵根本沒有理會，只有帶隊的向這位青年吼叫了一句洋話，不知是什麼意思。

「還給我們的國旗！」

這時，大家恢復了理智，師生們吼叫起來，震耳的聲音直冲雲霄，小孩子們都互相走避、秩序大亂，老師們和大點的學生，都跟那位青年，向法國兵討要國旗，連附近割草的弟兄們都帶著鐮刀、斧頭圍攏來參加了師生的行列，大家討要國旗的聲音更加響亮：

「打！打！打死他們！」

「殺！不讓他們回去一個！」

看看大家磨拳擦掌的樣子，真是到了「風雨欲來」的氣勢。

法國兵也甘示弱，他們在帶隊人的人口令下，一起「唰！」地上了刺刀，托住槍，面對著逼近的軍民，一面走、一面作射擊的姿勢。

「把槍給奪下來！」

「老子們，這種場面看多啦！」

「媽的！與其餓死，病死，氣死，乾脆跟他們拼啦！」

有些人就要衝過去。

「砰！砰！」法國兵果然放起槍來。

大家都倒退了一下。但并沒有制止住大家的吼叫聲。

「各位，請冷靜一下！請冷靜一下！」

「李子健！李子健！」有人呼叫他。

有位細高個兒，下巴有顆黑痣、長毛的年青人在人群裡出現，而且擠開大家、要走在前面。

他一轉臉，看見是王文正：

「老王，不要亂來！」

「這是什麼話！是法國兵亂來，還是我們亂來？你可要弄清楚！」

「去你的！」有些人已經不滿李子健了：「你是個法國人的走狗，快走開！」

「各位，」李子健紅著臉，那猝黑毛翹呀翹地：「大家別誤會了，我是管訓處的，是來解決問題的，不是來製造問題的！」

這時，有些人已經躊躇了。不過有些人依然很衝動，便跟在法國兵的後面嚷嚷著，斥罵著。法國兵「伊里哇啦」地不知講些什麼，好像很有道理似地，而且，不時亮起刺刀，作衝刺狀，很會唬人的樣子。

這邊的老師、學生們不知在那裡找來了木棒子、樹枝，都當成了武器。軍人們掄著斧頭，氣勢洶洶地越聚越多。

「歸還國旗，就沒有事，不然咱們就拚啦！」

「歸還我們的國旗！」

大家吼叫聲，變成了巨雷，逼得法國兵像作戰似地，把人分作兩批，互作掩護，迅速向陽東橋方面撤退；橋那邊來了更多的法國兵，來接應他們的人。李子健面對這種情勢，也就毫無辦法了。

在一旁的劉淑惠看到這種情景，嚇得不知如何是好，心頭老在「怦怦」地跳著，連腿也軟了。最後只好由老師們陪伴著、帶著小柱、小英、小蘭一同回家。

「二嬸，」小柱子問：「為什麼法國人搶我們的國旗？」

「他們是不是『八路』？」小蘭問。

「才不是哩！」小英究竟是姐姐，她說：「他們是外國人，怎麼會是『八路』？」

「那，他們怎麼不講理！」

「妳怕不怕？」小柱子問小蘭。
「怕！」小蘭反過來問他：「你呢？」
「哼！」我才不怕哩！將來，我要當軍人！」
劉淑惠她們還沒到家，韋太太已經攙扶著老太太站在門前向她們來的方向張望了。
「媽！」劉淑惠加快了腳步，走到老太太面前，也用手扶著：「妳不多睡會？」
「……」老太太只是點頭。
「媽，我會照顧她們的。」
劉淑惠同韋太太把老太太扶到屋裡，半臥在床上。
「那裡怎樣了？」
「媽，」劉淑惠告訴她：「學校裡已經平靜了。」
「不是說已經打死了？」韋太太問。
「沒有！沒有！那是法國兵嚇唬我們的——沒有對人放槍。」
「升國旗，是我們中國人的事，法國人為什麼要干涉！」韋太太也很生氣。
「媽！」
「媽！」小英和小蘭都爭著說：「校長哭了！」
「老師也哭了！」小柱子也說。
「哼！」小英噘著嘴，好像很不服氣的樣子：「我們同學也哭了！」
「妳們好久再去上學？」老太太問。

「如果，平靜下來，明天還是照常上學。」

「媽！」劉淑惠突然告訴老太太：「我還見到管訓處的李指導員和王文正幾乎吵了起來！」

「為什麼？」韋太太說：「他們都是很好的。」

「是呀！不過一個叫大家冷靜，不願把事情鬧大，另一個對法國人的蠻橫無理却很氣憤。」

「現在怎樣了？」韋太太問。

「我看事情越鬧越大，他們都追到陽東鎮——法軍的指揮部，硬是要把國旗要回來！」

「唉！」老太太嘆氣搖頭：「都怪我們從前不爭氣呀！」

整個義民村男女老幼都在議論紛紛，有些人恐荒不安，有些人反而特別興奮。大家三個一堆、五個一塊，都在談論這件事：

「也該給法國人一點顏色看看，記得從前在宮門，蒙陽那時光，總統在台灣復職，我們來慶祝一下，唱唱國歌，升國旗都不准——」

「不行呀！老兄，人在屋簷下，怎能不低頭？現在我們吃的、喝的，都是法國人供給的，如果這樣鬧下去，他們只要不供給軍糧，那問題就嚴重了！」

「咱們餓死！一起跳海！也不能買他們的！」

忽然有人一喳呼，把大家嚇了一跳。定睛看看，原來是伙食房裡的班長——丁元通。

「由」字型的身材，青蛙眼，脖子短短地，兩手插腰，氣呼呼地聲音倒是滿宏亮。

「以你的意思是跟法國兵拼了？」那位喊「老兄」的傢伙似乎有意調丁元通的味口。

「至少要讓法國人知道中華民國的軍民不是好惹的！」，他要不吃你這一套呢？」

「我看你這個人，」丁元通把他狠狠地盯了一眼：「哼！你乾脆回家去多好！」

他說完了這句話，「呸！」吐了一口唾沫，轉臉就走。

身後起了一陣小小地騷動，有些人說丁元通：

「是條漢子！」

但也有少數人讚同那位喊「老兄」的說法：

「肉身子抵不住法國人的『花生米』！」

當丁元通到了何家門前，一下子就被小柱子拉住了：

「爸！爸！法國兵奪我們的國旗！」

「唔！丁伯伯來了！」小蘭天真地高叫起來。

丁元通眼前一亮，看看金花已經在屋裡面了。

「吆，金花，妳可是越來越標緻！法國人的臭鹹魚，專門養金花！你看看！紅紅的嘴唇，烏油油的頭髮、……緊身的小掛褲——」

「你還有沒有完？」金花的杏眼鼓得大大地，小嘴巴噘得好高，心裡像吃冰淇淋似地，但外表還裝出生氣的模樣，她把右手提得高高地——

「不要打爸爸！」小柱子哀求著金花。

「喲！」她笑了：「你看你們的柱子！如果是親爸爸的話，那還得了！」

大家都笑了。只有老太太面無表情，很虛弱的樣子，指指竹凳子。

丁元通沒有即刻坐下，馬上變成嚴肅的樣子：
「媽好了些沒有？」
老太太痛苦地點點頭，指指凳子，丁元通才悄悄地坐下。
「金花姐，」韋太太說：「妳還是繼續說下去？」
「噢，妳們還在談正事，對不起！」
金花沒有理會丁元通，她用尖尖的指甲，攏攏頭髮，往上翻翻眼皮，回想早晨法兵奪旗被國軍弟兄追逐的情形——她說：
「法國兵一面退，我們的弟兄一面追，我看王文正和李子健都走在前面，一直到了陽東橋，法國的援兵到了，大家隔著一道橋面相對，一面要國旗，另一邊要開槍，我們這邊運來了很多石頭、磚、瓦——」
「他們有好多人？」劉淑惠問。
「也不過三四十條槍。如果大家真衝過去，橋面不寬，一鼓作氣就過去了。」
「打了沒有？」小柱子聽得入神，好緊張的樣子。
「法國兵只是打的姿態，有人扔過去幾塊石頭，法國兵馬上放了幾槍，這邊的人、火更大了。大家都要衝過去。高喊：『還我們的國旗』！也有人說：『與其過著半飢餓的生活，倒不如跟他們拚個你死我活！』，他們說著就有些人跳河了——」
「會不會淹死？」小柱子又插了一句。
「小柱子，等金花阿姨說完了再句。」

「他們都向河對岸游去，有些人已經衝到橋中，法國人不敢對人開槍，只好節節後退，也害怕得不得了！」

「後來，我們的弟兄越逼越近，突然法國升起了我們的國旗，大家都問：『怎麼回事！怎麼回事！……』，可是大多數人原地立正、向國旗行舉手禮。最後，沒有人喧嘩了，也沒有一個人走動了——全體成千個弟兄，都靜靜地行注目禮。於是，有人唱：『三民主義，吾黨所宗……』接著全體弟兄都同聲附和，聲震云霄，連陽東鎮上的居民都出來觀看。」

「後來呢？」小英也發問了。

「後來國旗沒有要回來。」金花故意賣個關子。

丁元通笑了。

「爸，你怎麼笑了？」小柱子很不滿意乾爸爸的微笑，他認為不該笑的。好像是說，鬧了半天，法國兵還不是沒有發還國旗！那多丟人。

「柱子，你不該生氣，」丁元通說：「那是事後法國兵要我們這邊借了去，以後有什麼事，他們也會高興地升我們的國旗，咱這邊就贈送給他們了，」

「金花姐」，劉淑惠問：「以後我們就可以升旗，不受人家的干涉了？」

「大概是吧。」

「可是，我們已經沒有國旗！」小柱子很著急。

「孩子，你別失望，」丁元通鄭重而嚴肅的告訴大家：「千百位弟兄，立刻用自己的鮮血，又染製了一幅更大的國旗！」

小柱子、小英、小蘭都高興地跳起來鼓掌，劉淑惠和韋太太都拉緊了手。

「老太太，」金花突然蹲在床前，幾乎是下跪的樣子：問她：「妳高興嗎？」

她拉住了金花的手，久久沒有放開，眼角裡流出了成串的淚珠，沒有說一句話，只是微微地點頭。

十三・國旗飛揚於異國天空

太陽落山，黃昏來臨之前，正是晚風習習，到海邊乘涼、游泳，或者四處散步、聊天的大好時光。可是陽東管訓處的弟兄們，幾乎沒有一個人不放下飯碗就往寢室跑，有的人飯沒吃完，就困疲地倒在原地上睡著了。

丁元通摸著黑好不容易找到三十六號宿舍。

「喂！王排長在哪號床鋪？」

「……」對方沒有講話。

「衛兵同志？」丁元通又走近了一步問他。

其實，他是知道王排長睡的位置。不過既然想進人家的營房，總不能不向衛兵同志打個招呼：

「衛兵同志！」

原來，對方靠著門框打呼嚕，手裡的警棍已經滑落了。

他很奇怪：「這傢伙居然能站著睡覺？這種衛兵能發生多大作用？難怪在桂林、南寧一帶作戰，『八路』一下子就摸到指揮部，搞得大家措手不及，再多的槍砲、再好的武器還是會吃敗仗的！這傢伙如果在大陸上當衛兵，老早找不著吃飯的傢伙了！」

他搖搖頭，逕自進了宿舍，走到王排長的床位叫了一聲：「排長！」

王文正「呼」地一聲坐起來：「老丁，是你呀！你來找我有什麼事嗎？」

「是的，」丁元通小聲說：「有點事同你商量。」

當時，室內鼾聲如雷，此起彼伏，還有人在「伊里烏拉」地說夢說，有人竟「嗚嗚……」地哭了起來。

「有什麼事，儘管說吧？」

「這裡不方便，咱們外邊說。」

「也好，」王排長下床，穿上草鞋，跟在丁元通後面，走出室外。

「你們這裡的蚊蟲真多，簡直可以把人抬起來！」

「你是來跟我談蚊子的嗎？」王排長一擺手，就把丁元通的閒話給揮去了：「快說你的，究竟有什麼事。」

「廚房裡被偷了！」

「過多久的事？！」

「昨天夜裡！」

「白天你怎麼不來找我？」

「白天你的工作太忙了，怕你沒空。」

「唔，」王文正想想也對，不過，他說：「你還是可以來找我的。對了，被偷的東西是米還是罐頭？」

「這次是偷米啦！」
「你的意思是說上次偷的是罐頭嗎？」
「是的，」丁元通解釋著：「大概罐頭的味道不好，連小偷兒都不樂意——」
「所以，這次改偷白米了？」
「嘿嘿……大概是吧——」
「偷去了好多？」
「十多斤！」
「不多嘛。」
「哎呀，排長！這十多斤的米，多管用呀！」
「啊……」
「是十多個人一天的口糧呀！」丁元通加強了口氣，如果煮稀飯，可以打發好幾十號人呀！」
「他偷米怎麼辦？」他跟著躊躇起來：「是自己煮飯？還是——？」
「不會的！不會的！」
「是呀！自己沒有鍋灶怎麼煮法？送給義民——？——也不是辦法！賣到市面上去？」
「排長，說不定今夜還來偷，我想請你幫個忙——」
「沒問題！」
「那你好久來？」
「你先回去。」王排長肯定地告訴丁元通：「你跟平常一樣，其餘的事交給我了。」

「排長，」丁元通忽然想到：「我應該恭賀你才對！」

「半夜裡，有什麼好賀的！」

「好瞞著我了，」丁元通似乎是笑著說的：「金花告訴我，你參加什麼考式，得了個第二名，而且又升了官！」

「都是一群叫化子，咱們不談這個，先捉小偷要緊！」

「好，好……」丁元通消失在黑夜裡。

當天夜裡王文正帶了幾個兄弟守候在米庫附近，一直等到快天亮了，還沒有動靜，他才循著原路走回來。

吃早飯時，丁元通趁著大家鬧哄哄的當兒，找著了王文正：

「排長，真抱歉，夜裡讓你們撲個空！」

「我們根本沒有『撲』——只有在外面守候著，連個人影也沒有。」

「這小子好精！」

「沒關係，」王文正說：「我們今夜再來。」

「那就太苦了你們！」

「職責所在，而且是丁大哥—你的事，我非得弄個水落石出不可！」

「嘿嘿……那太好了。」丁元通笑了：「不過，外面的蚊蟲是不客氣的，我先燻燻屋裡面，都進來好啦。」

「屋裡怕很熱吧？」

「下半夜就好了。」

那天夜裡王文正帶著兩個弟兄，到了丁元通那裡，先看看裡面的環境，放米的地方。

「排長，你來啦？」

王文正沒吭聲，藉著外面的星光，看看蔴包。

「排長，這是半包米。」

「知道啦，你去睡吧。」

「我這幾天夜裡都睡不著！」

「想開點嘛！」

「排長，我心裡憋個大疙瘩！」丁元通好著急：「少這少那，別人不會罵咱揩油，咱心裡也是七上八下的，真他媽的窩囊！」

「好啦，你去睡吧！」

「這怎麼睡得著？」

「這就能捉著小偷？！」

「對、對、對……」丁元通臨走時，還向王文正：「排長，我還有半截煙屁股——」

「留著你自己吸吧。」

丁元通睡的草舖「吱吱啦啦」響了一陣，漸漸趨于沉寂了。外面野草叢裡，蟲聲唧唧，遠近傳來了「咯，咯……」蛙鳴，室內偶有老鼠打架、尖銳的叫聲。蚊蟲們漸漸在耳旁，面前、身後「嗡嗡……」地飛舞著。天空裡不時有法國兵的探照灯光掃過。

王文正的兩個弟兄分在門後，漸漸有了鼾聲，他自己也有了睏意。忽然有個身影在門外一閃，竹篾門慢慢被推開了，正好兩位弟兄的鼾聲及時而止，大概他們也有輕微的磨擦聲弄醒了。這個身影躡手躡腳地進來，聽聽裡面沒有動靜，便朝著存放米糧的地方移動。

王文正聽到有「沙沙」的細微聲，他知道米口袋被移動了。他趕快從地上拾起三尺多長的木棍子，等到小偷從面前走過時，他使勁揮著棍子，向小偷的雙腳打去。

「哎喲……」一聲，小偷應聲而倒，疼得他在地上滾來滾去，並且壓低了叫聲：「喲、喲……嘖、嘖、嘖……」

兩位弟兄和王文正都過來了。

「把他給綁起來……」

「怎麼回事！怎麼回事！……」丁元通從夢中驚醒，從枕頭下面摸著火柴，「嗤！」地一聲，點亮了油灯，端著灯盤子走過來，一面嚷嚷著：

「打死這個王八蛋……」

「你們行行好，放了我吧！放了我吧！」小偷從地上坐起來，兩手抱住腿，不斷地哀求著：「以後可不敢了！以後可不敢了！」

「你是誰？！」王文正問。

「我，我……」

「呀！」丁元通把油灯照在小偷的臉上，剎那間怔住了：「是你？！是你？！哎呀呀……」

王文正看在眼裡，便吩咐兩位弟兄：

「你們回去睡覺吧，把他交給我吧！」

當他們走了以後。王文正很冷靜地說：

「吳得勝你出去吧？」

「中隊長，不行！不行」吳得勝聽得渾身都哆嗦，忽然又改為跪的姿勢不斷地向王文正磕頭、作揖：「你饒了我吧！你饒了我吧！……」

「出去嘛！快！快……」

「做什麼？！」吳得勝嚇死了。

「怕什麼？！我又不是『八路』——不會活埋你的……」

「那你做什麼？」吳得勝還是跪在原地。

「叫你出去你就出去就是了！」丁元通指著外面。地面都是撒的白米。

吳得勝看王文正沒有生氣的樣子，他把丁元通看了看，便想站起來，但却「撲通」一聲，倒在地上，直「哎喲喲……」

「快點！」王文正轉過身來告訴丁元通：「把灯吹了吧。」

「他要跑了呢？」

「不會的！」

「噢……對、對……」他這才想起來：「把他的腿打斷了沒有？」

「何必要打斷——如果腿斷了，那就更麻煩了。」王文正催他：「吹灯！」

「對、對…吹灯。」他「嘖」地一聲熄了灯。

吳得勝在地上掙扎了一陣子，才勉勉強強、一高一低地走出門外。他問：「到那裡？」

「離遠點！」

「哎——叭……」不知是吳勝得真的過份疼痛，還是有意裝給他們二人看的。

「好啦，蹲下！」王文正命令他，自己也蹲在草地上。丁元通把油灯放好，也跟了出來，蹲在吳得勝的對面。

「你為什麼偷米？」

「……吃不飽嘛，你是知道的……」

「吃不飽就偷？如果、偷不著，就該搶人家了！是不是？」

「不是！不是！」

「前天十幾斤米也是你偷的了？」丁元通接著問他。

「那……」

「還有些罐頭也是你偷的了？」

「那些罐頭很壞——」

「所以，你就偷米，而且是一偷再偷，你還要不要臉！？」

「以後再也不敢了！」

「誰能相信你不敢！」王文正越說越有氣：「以前我非常感激你——因為你救了我。當軍隊改編、整訓時，我推薦你由班長升為小排長，誰曉得你却去當了賊頭，你實在太無恥，太可惡了。」

「我錯了！」吳得勝的口氣近乎哀求。

「你知道錯了，為什麼還要去做？！而且是一錯再錯、一偷再偷！你是不是人？！」

「都怪我不好！都怪我不好！……」

「我問你，」丁元通的口氣比較輕點：「還沒有兩天，你又來偷米，你把這些米都做些什麼用？」

「吃啦……」

「你一個人能吃那麼多？」王文正也問他。

「一部份賣啦……」

「做什麼用？」

「零用。」

「我不相信！」王文正追著問：「還做什麼用？」

「……」吳得勝欲言又止。

「男子漢說話要乾脆點——別老是吞吞吐吐地，快說！」

「給……給了……金花……」

「給她？！——這個到處招蜂惹蝶的騷貨頭！我一看到她就討厭！」

「排長，這個女人的心腸不壞啊！」

「怎麼！老丁你對她也有興趣？！」

「不、不……」丁元通極力否認：「不過，有些人好像有好幾種表現——有好的一面，也有她不好的一面，金花偷漢子，那是她的私事，但她急公好義，喜歡幫助別人，愛打抱不平，有些男子漢還不如她——」

「對對，中隊長！」吳得勝有了精神，語氣也變得開朗了，他有意轉移話題。

「去你的！你那有資格講話！」

「排長，你升啦？」

「在法國人的手裡做奴隸，當上總司令也是可恥的！」王文正的語氣帶著悽愴。他說：「天不早了，你回去打掃打掃吧！老丁。」

「你們呢？」

「要做個適當處置！」

「中隊長，我們可是生死之交，你要手下留情呀！」吳得勝苦苦地哀求著。

「我已經給你面子了，我先叫兩個弟兄回去，又到這裡私下談——」

「是、是、是……我知道！我知道！……」

「排長，不不，中隊長，我回去了！」丁元通又轉向吳得勝：「做人要直起腰桿來，別他媽的一堆牛屎！」

「是、是是……丁大哥，我以後一定學好的！一定！一定！中隊長，我可以對天發誓——」

吳得勝隨即跪在濕漉漉的草地上，而且舉起了右手。

「這一套沒用！」王文正不大理睬，他說：「我要看你以後的表現！回去睡覺吧！」

「是、是，謝謝中隊長！」

吳得勝站起一瘸一拐地消失在黑暗中。

「老丁，你還不回去收拾一下？不然還可以睡一覺的？」王文正又在催促他：「該走啦！」

「唉！」丁元通嘆口氣：「人，真是個怪物！」

「談這幹什麼！明天還是要砍樹、蓋房子、修操場、還要……吃……」

「中隊長！你……」

「快睡覺去吧！」

「我睡不著——」

「不要想那麼多！」

「我怎能不想，頭一條，大家都吃不飽、吃不好，不管男的，女的，老的，少的——」

「好啦！好啦！乾著急，就能解決問題？！」

「他媽的，我們的命根子，都在法國人的手心裡！」

「不對！」

「怎麼？」丁元通迷惑了。

「你應該說，命根子掌握在我們的手心裡！」

「隊長，我……我……我實在不明白的！」

「？……」丁元通瞪大了眼睛，閃亮著好多個問號。

十四・可貴的故國情

豫衡中學飄盪著青天、白日、滿地紅的國旗。

管訓處升旗台上，國旗飄揚。大家的脊樑骨都直起來了！不分軍、民、男、女都像吐了一口悶氣，即使到陽東鎮法軍的駐地領給養，官兵們的心情都舒暢了許多。過陽東的破木橋，弟兄們的腳走更重些「咚咚」之聲更響亮些，連守橋的法國衛兵都傻呵呵地裂著嘴。

「洋鬼子都很賤！要給他們點顏色看才行！」弟兄們挑著糧米過了橋，在這邊休息，望著橋那邊的法國兵。

「這些龜兒子穿的制服滿鮮艷！皮鞋很亮，走起路來很神氣，不過，也是肉身子，也是怕死！」

第一個弟兄說：「我有個想法，」

「什麼想法？」另一個問。

「有一天也讓他們挨挨餓，吃吃他們的臭罐頭，把他們的花制服、亮皮鞋給脫下來，換上咱們的破衣服、破草鞋，天天叫他們做苦工——」

「好啦！好啦！他們老早當起龜孫子來啦！把三色旗拿來擦屁股，他們也不敢吭聲。」

「說什麼？」王文正在河岸上踱來踱去，右手摸著下巴，看看橋下淙淙的流水，銹蝕不堪的汽油筒，載著起伏的破木板子。掉轉頭，看著弟兄們：「怎麼不說？」

「隊長，我們不過是叫化子彈琵琶——窮開心罷了。」

「你們說的很有道理！」

「隊長老在看橋，法國人懶死啦！也不來修修！萬一踩著破板子，人掉下去，淹不死，也會摔死的！」

王文正點點頭。兩手插腰，眼睛看著遠方。遠方是藍天大海、風帆點點，近處的右前方，在茂密叢林中是法軍的駐地。左前方是幾十戶漁民的村落，房屋低矮而破舊，跟法軍紅瓦、紅牆的高大建築物比較起來，簡直有天壤之別。

弟兄們頂著灼人的太陽，把給養送回廚房，由膳事單位點收之後。弟兄們都回到自己的營房，王文正也走回管訓處的辦公室，見了李子健就說：

「有件事我想同你商量？」

「什麼事？」他指著桌前的竹凳子：「坐下來談談。」

「你是知道的，陽東大橋太破舊了！」

「是呀！上次就有個弟兄掉進破洞裡了！」李子健臉上黑痣裡的幾根長毛動了幾下：「你的意思——？」

「我想建議上級整修。」

「法國人去修？」

「不！」王文正很正經地說：「由我們來修。」

「老王，你這是開玩笑！」

「正式的事，怎麼會開玩笑。」

「哈、哈……」李子健站了起來，望望窗外的操場，操場上的熱浪，像火焰似地，在翻滾著，窗前種的一些花草都低下了頭，只有一大隊一大弟的弟兄們，在「一、二、三、四……」地操練著，一下功夫，就有好幾個弟兄就像得了瘟病似地小雞——相繼倒在地上，被人抬離現場。

「中隊長，你過來看看！」

王文正並沒有過去，只是向窗外瞟了一眼，便說：

「不是操作重，而是平時的挨餓；而且是從法軍簽約的那天起，就沒有一頓飯是吃飽過！」

「那你怎麼還會想到要去修橋呢？好吧，你說說看是怎麼個修法？」

「首先，我要求你的合作。」

「沒問題，」李子健加強了語氣：「我是百分之百地贊成！可是，我有幾個先決條件——」

「什麼條件？」

「錢？」

「沒有？」

「設備？」

「沒有。」

「技術人才？」

「我想是有的。」

「材料？」

「我想是有的？」

「隊長，我們都不是小孩，即使有人材、有材料，沒有錢、沒有設備，就想建造四、五十公尺長的大橋。」他把王文正輕蔑的看了一眼：「這該不是做夢吧？！」

「只要有決心、有信心、有勇氣，就會把夢想變成事實的！」

李子健笑了笑，兩手交叉在胸前，歪歪頭，好一會兒沒有講話，不時，看看窗外。「這樣好了，你先做個計劃，比方說：橋的寬、長、深度、嗅，」他忽然想到：「還是用原來的汽油桶？還是另行打樁？」

「打樁！」

「有吊掛？」

「沒有，」王文正補充著說：「不過一切要動腦筋、想辦法。如果有錢、有設備、有材料、有專家……什麼都有了，那就顯不出我們中國人的偉大！」

「好！」李子健提起了精神，充滿著崇敬的眼光望著王文正。但只一下功夫，又像洩了氣的皮球，感慨地說：「這事太不簡單了！」

「當然不簡單！」

「萬一失敗了，不僅丟我們這些人的臉，連我們中國人的臉都丟光了！法國人、越南人，不把我們笑死了才怪哩！」

「我知道，這一切我都想過了。」

李子健陷入沉思，而且帶著「你怎麼這樣充能！又多管閒事」的神情。忽然他問：

「你怎麼想到修橋？！——而且富國島上的一座大橋！」

王文正看出了他的表情，心裡的火慢慢燃燒著，越燃越烈，不過，他還是盡量按捺著，保持著良好的風度，但是嘴頭上直接地問他：

「你是管人事的，願不願意幫忙？」

「你這話是從何說起？」

「李兄，」王文正笑了笑：「你別誤會。我是說：計劃做好了以後，你要簽好點，讓上級批准，所有工程部份的人員，我要抽調一些，多請老兄幫忙。」

「剛才，我不是說過了，舉双手贊成，百分之百的幫忙，而且是為了全體的利益著想，」李子健越說越有勁：「為國家的榮譽著想，我想任何人——連法國人、越南人，都樂見其成——」

「那就這樣決定了？」

「一句話。」李子健加了一句：「希望你的修橋計劃早些送來，越快越快！」

「不會太久的。」王文正要轉身離去。

「連一些細節，都要擬好啊。」他又叮嚀了一句。

「好的，好的……沒問題。」王文正高興的離去。

＊

興建陽東大橋是件大事，真是轟動遐邇！

越南人感到驚奇，法國人像看「西洋鏡」似地在工地旁邊的河場上指手劃腳、「伊里哇啦」地說個沒有完，好輕浮的樣子。果然不出王文正之所料，他們希望大橋的架子沒有架好，就倒在河裡。

越南人說：「他們沒有起重機！沒有打樁機……」

有些人恥笑日本鬼子：「他們大概料到會吃敗仗的，連修大橋都不願花本錢——用汽油桶搭浮橋。」

（按：富國島是日本南進的跳板，曾建有陽東機場等軍事設施）。

修橋的工程人員，都是選自各總隊、各大隊的精英，還有在家鄉開木廠、蓋房子、做家具的老闆、師傅、當小工的，合起來有一兩百人，都輪班參加了這項工作，還有整隊的人馬到山裡伐樹木，鋸成一尺見方的木材，從地上墊了圓木，被滾了過來，從工地到山裡，要來回花上整天的功夫，大家也毫無怨言，前面的累倒了，後面的人再填補上去。

「修造大橋了！」

「看修橋的去！」

孩子們最敏感了，到處高叫著、宣傳著。每到夕陽西下，有很多人去參觀。

王文正戴著破草寥，耳朵上夾著鉛筆，手裡拿著圖表、看著他們架起了架子，把一根根巨木，拴在粗繩子上，經過滑輪，另一端的人，在使勁往下拉，巨大的木樁，便被輕輕地吊起，按照距離的大小，一根根被插進水流裡，讓另一端吊起的大石塊往下打樁……

每次起落時，都引起了孩子們的歡呼：

「哎吆嗨！哎吆嗨……」

「呀！中隊長！」丁元通把伙房的事弄清以後，也到工地捧場：「想不到你還是一位工程師哩！」

「這是環境硬逼的。」

「誰逼你？！」丁元通的蝦蟆眼平常就是夠大的、他說：「像我這塊料不管怎麼逼，橫豎就是個伙伕頭——再多一點手藝就不行啦！」

「行、行……你做啥事都行，只要你肯動腦筋——」

「我這個腦筋又硬又直！嘿嘿……」

王文正看到另一根的巨木沒有捆在中間線上，立刻以手示意：

「放下來！放下來！」他跑了過去，給指出來，然後量量尺碼，再重新捆好。

有兩個滿臉大汗的弟兄抬著一個病號。

「他怎麼了？」王文正走過去問弟兄們。

「發冷」

他用手摸摸病號的前額、却是燙的，便交代弟兄們：

「他的瘧疾發了，多給他開水喝，並且按時服用金鷄納霜丸！」

「報告隊長，」擔架兵剛把病號抬走，另兩位戰士架著一位面無血色的同志，站在土提上，告訴王文正：「他暈倒了！」

「讓他多休息休息！」王文正的面孔晒得像關公。

丁元通看見他跑東跑西，想同他聊天的功夫也沒有。他從耳朵上拿下半截香烟頭、點著火，悠閒地吸著烟，抱著膀子，夕陽拉長了身影。另外搭成的便橋，在水面上搌動著。叫化子般的官兵，在王文正的指揮、督導下，散佈在工地上、河水裡、土堤上。巨大的木料，堆積在河的右岸，左面便是法兵、漁民、小孩們在觀看。

「嗤！嗤……」雪白的鉋花一條條地，從鉋子的上面吐出來。一些木匠們，在搭建的工作枱前，兩手推著鉋子把，以前腿弓、後腿撐的姿勢，往復的工作著。工作枱上下，都是大堆的鉋花。木匠們的面頰冒著油、流著汗。

丁元通再往前走走，那些拉大鋸的弟兄們，在架好的圓木上，一在上，一在下，寬大的鋸條，在樹心裡，以45度角，在來回的推拉著，只聽得「沙、沙……」

鋸屑像雪花似地落在地上，豆大的汗珠子，不分個地流過面頰、流過胸膛、汗濕了上衣、短褲，再從腳踝，流在地上……

「乖乖！」丁元通的心窩裡彷彿有千百斤重的石塊壓下來：「這不是在拚命嗎？！修橋補路本來是件好事，但也要能吃飽飯才行，一天十五兩米，喝稀飯都不夠，小孩都嚷嚷吃不飽，別說對付大人啦！」

「吆，老丁，你什麼時候也升為工程師啦？」

丁元通向後一轉臉，正是前一陣子偷米的吳得勝。他沒有理會他。可是，轉念一想王文正的勸告：「人非聖賢，誰能無過」？既然他已認錯，而且大家都是家破人亡——在外逃離的人，何必跟他計較這些，但他心裡仍然有塊消不掉的疙瘩，只好勉強擠出一絲笑容。回答他說：

「你少挖苦我了，憑我這塊料，也配當工程師？」

「我是開玩笑的。」吳得勝向前跟上來，和丁元通併排地走著，帶著羨慕的口吻說：「其實，就是當上總工程師，也沒有你好呀！」

「沒有我好？！」不知是丁元通故弄玄虛，還是真看不起當伙伕頭的自己。

「別跟我打哈哈了！誰不知道老丁的大名，連金花都向你飛媚眼。東一聲『丁大哥，』西一句『元通哥！』、你、你、你……」

「呸！」丁元通吐了一口唾沫，連吸剩的小烟頭也摔了：「你這是侮辱我！」

「！」吳得勝這下傻了。

「你說別人我不惱，你說這個婊子養的金花羨慕我，那才見了鬼呢！」

「其實，她的行為比較隨便點，對人可實在不壞啊！」

「好啦！好啦！咱們不談這些，我是來散散心的，喏！」丁元通指著修建陽東大橋的弟兄們：「你看看人家河上的、水裡的、岸上的、解大樹的、鉋橋樑的……就是我們天天能得一飽的伙伕，也會累趴的！」
「誰要修的？」
「隊長──王文正。」
「為什麼要修這座橋？」
「你沒看到？」丁元通轉過臉來告訴他：「原來的便橋木頭都朽啦，汽油桶都壞啦！」
「這應該叫法國人或是越南人去修，咱們何必管這些閒事？而且，重建大橋的工程，不是外行人幹的！」
「老吳，你這句話說得很對。」丁元通這下正式笑了，彷彿就是自己心裡的話：「其實我也是這樣想，可是，偏偏王隊長不肯聽。」
「老丁，有件事我想求你幫忙。」吳得勝就勢收斂了笑容，很認真地說：「你我都是患難之交，能不能不要讓我天天餓肚子呢？」
「吳得勝，你這是什麼意思？！」丁元通一臉的嚴肅像，怪難看的。
「沒、沒……什麼意思……嘿、嘿……」
「你是曉得的，分飯時，幾百只眼睛瞪著我，連鍋巴也逃不開大家的眼睛！」
「是呀！是呀！」
「別的事我可以幫忙，」丁元通只顧繼續說下去：「在伙食上動腦筋，我是萬萬辦不到！」
「我也不是這個意思。」

「什麼意思？」

「我不過是說說罷了，不過，」他為難地猶豫了一下：「幾萬個人，天天在半飢餓中過日子，總要……想想辦法——」

「你在我們自己人裡想辦法，等于在加重別人的痛苦，行不通的。」

「唉！這裡日子真是難熬……」吳得勝轉臉走了。

丁元通微微地笑笑，撇撇嘴，回過頭來，看著遠方。

遠方有倦鳥歸來，悠悠地搧著翅膀。天空裡雲霞片片、五彩繽紛，絢爛無比。但對丁元通來說，這都是多餘的，簡直是諷刺的，大家的肚皮天天是乾癟的—幾乎是「前牆貼著後牆」，眼睛昏花，無精打彩，把杭州的西湖搬過來，每天都有西子姑娘陪著划船、賞月，也是無濟于事的。

「隊長，」他看見王文正有點力不從心地走過來，便問：「天都快要黑了，好久收工？」

「快啦，快啦！」他解釋著：「建橋比不上操，到時候一吹哨子就沒事了，這裡不行，你看……」

丁元通老早看過了，只是笑笑，暗想：「這都是要命的玩意！比作戰還難！」

＊

建橋的進度一天一個樣，病房裡的病號一天天地增加。

橋架搭起來了，對面的越南小孩們都在鼓掌，河這邊的弟兄們被過份的勞累壓制得不顧急說一句話——生怕說一句話，也會消耗體力。

陽東大橋愈接近完成，看熱鬧的人愈來愈多。那裡的驚奇眼光，有法國人的、國軍的、義民們的，堤岸上到處都是腳印，都是人頭。

橋面上最後一塊厚重的木板鋪設完成，正當大家興高采烈、掌聲雷動的時候，王文正却感到天旋地轉、眼前漆黑一片，金星飛舞，他趕快蹲在原地上，一任紡織娘似的嗓子在嘶叫……。

＊

陽東大橋通車的當天晚上，丁元通又到了義民村，慌慌張張地走進何家：

「媽！你怎麼沒有去看熱鬧？」

屋裡面漆黑一片。

「怎麼沒點燈！」丁元通問過了又後悔。村子裡有幾家是有灯的？要灯幹嘛！大家都習慣了沒有灯的生活。

每天，早些吃過晚飯，趁著能看見床鋪的時候，就把東西收拾好啦，等到該睡的時候，上床就是了。

當時，老太太在劉淑惠的攙扶下剛睡倒，一聽到丁元通的聲音，便坐了起來。

劉淑惠忙著點灯。小柱子轉身走了幾步，拉住了丁元通的手，親熱地叫聲：

「爸！我也去看大橋了！好熱鬧！」
「我怎麼沒見到你？」
「我也沒見到你呀！」
劉淑惠已經拿個竹凳子，放在床邊。
「元通，你坐。」
「媽，你好些點沒有？」
「唉！我這把老骨頭，就怕要丟在富國島了！」
「媽！妳怎麼老說洩氣話！」他在安慰著老太太：「妳還壯實得很呢！」
「我的事我自己知道。對了，元通他們說今天的通車禮很熱鬧，是嗎？」
「是呀！那裡是人山人海，橋面上掛滿了國旗，還有法國旗，一部大卡車過來的時候，還放鞭炮，大家都猛拍巴掌！」
「誰的大卡車？」老太太問。
「當然是法國人的。他們是過來接我們的代表的。」
「做啥？」
「去參加他們的慶祝酒會！」丁元通帶著惋惜的口吻說：「可是，大家都不願去！」
「為什麼？」
「因為法國兵送來了三十套新衣服，要參加酒會的代表把破爛的衣服換了再去。」
「那不是很好嗎？」

「可是咱們中隊長王文正說：『不行！要有新衣服穿，是全體的——不是少數人的。人都吃不飽，喝酒幹啥！』」

「噢！」老太太很驚奇。

「他們都沒有過去開慶祝會！」劉淑惠說：「把法國人弄得生氣了！」

「那，大家不是生王文正的氣嗎？」

「沒有一個人生氣，這是他們事先就商量好的。」丁元通說：「這次重建大橋，一方面是為了運東西方便，但是最重要的，就是教洋鬼子知道：咱們中國人是不能輕視的！」

「好、好、好……」老太太的身影，投射在茅草編成的牆壁上，像座巨人。

「媽！」劉淑惠說：「那座橋已經改名為『中山大橋』了！」

「好，好，那就更好了！」老太太連連稱讚。說罷，便側著身子倒臥下來。

劉淑惠身旁替她捶捶背，捏捏胳膊。小柱子也在跟前替她捶腿。

「媽，」丁元通朝前挨近些，便說：「明天還是到診療所看看吧。」

「不要，」她的語氣緩慢而無力：「我這是老毛病，用不著看。唉！人都七十多了，也活夠了。」

「不是我媽不願去，」劉淑惠說：「那裡除了紅藥水、消炎片、阿司匹靈以外，簡直要啥沒啥！」

「不過，金雞納霜丸還是有些。」

「那就給瘧疾的病號吃吧。」劉淑惠說：「診療所是大病治不了，小病不需治。主要的是大家常年累月的吃不飽，就是任何一個壯漢子，也會把身子虧壞的。」

「是呀！他媽的，法國人可壞透啦！如果，在諒山，不能保證把我們送回台灣，那就不要收繳我們的武器、彈藥，什麼簽字保証，完全是騙人的！」

「唉！過去的事還談它做什麼！」老太太把身子翻過來，兒媳婦和小柱子換個地方繼續輕捶著，有點像慈愛的母親坐在搖籃旁邊，呵護著襁褓中的小寶寶。

丁元通看在眼裡，有無限的感觸，他有一種想哭的衝動。他想幫助點什麼，又不知如何插手。想想自己從小就失去了母親，彷彿自從出生以來，就在戰亂、貧窮、疾病之中。剛剛打敗了日本，本想過幾年太平日子，但是『八路』興起，到處的打殺，清算事件不斷發生。如今，身在異國，所見所聞，老是壓抑在心裡，解不開、化不掉，時時感到死亡，無助的威脅。將來的前途如何，未來的命運怎麼，實在不敢想下去。

「元通，你是我家的唯一親人，」

「媽，妳老人家說這做什麼？」

「我的大兒子死在『八路』之手……」

「是、是……」丁元通支應著。

「二兒子的下落不明！」

「將來會連絡上的。」

「大兒媳婦死啦！」老太太有一聲、沒一聲地說下去：「留個柱子。二兒媳婦是好好的，却沒留下一子半女——」

劉淑惠在默默地流淚。大概自己的手腕也捶痠了，便有一下沒一下地繼續捶著。小柱子的興趣也漸漸消失了，慢慢打著盹兒，後來就伏在老太太的腳下睡著了。

「元通呀！我要求求你！」

「媽！妳說！妳說！」

「我們何家的根——小柱子想交給你了？」

「媽，我一定聽妳老人家的吩咐——好好照顧小柱子，比我親生的孩子還要親！」

「該管的要管，該教的要教，不能溺愛——」

「是、是……」

「還有——」老太太喘口氣，又接著談到吳得勝。她說：「看起來，他是不錯的——」

丁元通一時摒住呼吸，豎起了耳朵，在注意老太太的下一句。

「可惜行為不太好，明來暗去想勾引淑惠——」

「媽——」淑惠的心在「卜卜」地跳，臉也有點熱烘烘的感覺。

「淑惠不理他，」老太太一直說下去：「他又去勾引韋太太。韋太太不理他，才跟金花勾搭起來的。」

丁元通本來想把吳得勝深夜偷米的事情給兜出來，但一想到王文正說的『待人要厚道』，話到嘴邊上，又給嚥了下去。

「淑惠常常談到你——」

「媽！說這做什麼？」淑惠連忙阻止老太太往下說。

「妳還年輕，又沒有小的。」老太太還是繼續說：「元通雖然識字不多，倒是個忠厚老實的人——」

「媽——」

「這、這……」丁元通不知如何是好。連說話都結巴了：「她……她……是弟妹……我只能……照顧生活……就就……夠了……」

「這年頭兵荒馬亂，壞人很多，」老太太平平靜靜地說：「如果，有一天……那就跳到黃河也洗不清了！」

「不會的！不會的！我們軍中的紀律很好。」

「我知道……我知道……」

「媽，夜深了，我們明天再說吧。」丁元通又囑咐著：「不要想那麼多。媽，我走了。」他走了出去，外面是無邊的黑暗。淑惠把門關好，回到婆婆的身邊：「媽，睡吧。」

「我還不想睡，唉！」老太太嘆口氣：「淑惠，妳本是大戶人家，如今讓妳跟著吃苦、受罪，落到這個地步，我于心不忍！」

「媽，不要想那麼多了！唉！」劉淑惠問老太太：「把灯吹了吧？」

「教它多亮一會。」

「媽，妳老人家不是勸我們『能忍自安、知足常樂』嗎？」

「唉！說話容易，到了這個地步，咱不『忍』又怎麼樣！不『樂』還不是要過？！」

十五・好久才能撥雲見天

再旱的天氣，終有普降甘霖的一天。再多的霪雨，終有晌晴的一天。再洶湧的波濤，終有風平浪靜的一天。再黑的漫漫長夜，也有黎明到來的時刻！

駐在陽東附近的數萬軍民，雖然還在飢餓、疾病、苦難、死亡……的折磨與煎熬之中掙扎，但是，由于來自台灣的政府要員，如：國防部的林次長、總政治部的胡副主任等人的接踵而至，還有駐在西貢各地的華僑們，也都不斷地組團到富國來慰問；並且帶來了不少的東西，如：衣服、食品、工具、運動器材和藥品等等，使大家都感到無比的安慰和溫暖。

「我穿新衣上學了！」小英、小蘭姐妹倆，都喜歡得又蹦又跳，到處向附近的兒童誇耀：「這是華僑送給我們的！我媽媽也分了兩件。」

「這有什麼稀奇！」有的小孩說：「送給我媽的是長腿褲！再也不穿破爛的短褲頭嘍！」

「哼！」小柱子更神氣：「我奶奶的衣服、我媽的衣服都是蔣夫人送的！」

「真的？！」孩子們都楞了。

「騙妳們做什麼！」

「媽，」小英、小蘭跑到家裡問：「隔壁何奶奶、何二嬸的衣服，都是蔣夫人送的嗎？她們都有點不相信的神態，以為是小柱子瞎吹牛，都要教媽媽證實一下。

「怎麼不是？！」韋太太高高興興地說：「而且，我也有一套，是陰丹士林布做成的。」

「真的？！兩個小孩都睜大了眼睛，好驚奇：「怎麼不穿上？！」

「我捨不得穿！等過年過節再穿！」

「哎呀！媽，拿出來我們看看嘛！」

「妳們該上學啦！」

「我們看了就走。看看是不是跟何二嬸——劉老師一樣的？」

「一樣的！一樣的！……」韋太太從衣盒裡拿出來，疊得整整齊齊的，而且還有一種布料的香味。

「好香啊！好香啊！」小英叫了起來。

「我來聞聞！」小蘭把頭埋在籃子裡，連頭也不願抬了：「哎吆，那麼香！……」

「也是蔣夫人送的嗎？！」

「是的，」韋太太好想把喜悅埋在心裡，但是老像早晨剛打開雞籠的小雞一樣，一下子都「嘰嘰喳喳」地擁出來，擋也擋不住，攔也攔不著，只好情不自禁地說下去：「當然是的，不論人口多少、大小，每人一套，這是第一批，以後還多著呢！……」

「真的！？」

「什麼真的、假的？！趕快上學去吧！」

擔任幼稚園老師的劉淑惠帶著一群附近的學生到了學校，離老遠就聽到學生們的喧鬧聲，教室外面、操場上，在艷麗的國旗飄揚下，大家跑來跑去地踢足球、爭籃球、還有拳頭大小的皮球，也是大家追逐、爭奪的目標。平時，踢瓦、跳房子的遊戲的人，幾乎一個都沒有了。大家好新奇，多高興！

劉老師看在眼裡，陣陣的喜悅要冒出了。

老師們都穿著陰丹士林的新衣服，妳比我，我看妳，看看布料有無差異？針線活是否工整？服裝的長短是否合身？……大家都喜形於色。

「唉！」有人突然嘆口氣：「哪一天能吃飽飯就好了！」

說這句話的老師，可能出於無意，但是，聽話的人，就像濕木材煮飯，好不容易燃起的一把火，在一剎那間，就被一瓢冷水給潑滅了。每個人的面孔上，都結了一層霜。只聽到窗外的一片叫鬧聲，夾雜著「嘟、嘟……」的口哨聲。

「上課了！上課了！……」大家都跑回教室。

＊

大操場上，烈日當空，當時雖有微風吹襲，但是成千上萬的官兵在司令台前，站成縱橫的隊伍，還是感覺熱得不得了！草帽下面的每個面孔，好像抹了一層油似地，汗珠子從面頰上流到脖子、胸膛、背後……

每個人都興奮得不得了，互相打聽著：

「誰來了？！」

「難道你沒聽說嗎？今天是總統的特派員要來。」

「這個誰不曉得？！我是說總統的特派員是誰？你知道不？」

「是位政府要員！」

「要員是誰嘛！」第二個人有點火了。

「是……？」

「你才是癩蝦蟆！」

「你才是——」兩人鬥起嘴來。

「你們吵什麼？！」王文正走過來阻止他們，也是責備大家：「你聽聽，這哪像軍隊？！——整個操場上，都是『嗡嗡叫』……」

「太高興了！」有人小聲地說。

「哪個還再說？！」

果然臉前的幾個人不開腔了，但是稍遠的人，還是交頭接耳，有人搓手掌，有人叉腰，有人換腳，有人仰起臉來看太陽，矮小的弟兄們，豎起了腳尖還不夠高，不時跳起來，看看司令台上寫的什麼字、有哪些人……

「噠、噠、的……」一聲長長的立正號響了。

全場上「刷！」地一聲都凝固了。每個人像木雕泥塑的羅漢一樣，沒有一點聲息。只聽著司令台上被皮鞋踩動的聲音和國旗迎風招展的「咧咧……」聲。

大概幾秒鐘過後，才吹奏「的——噠——噠——」的稍息號聲。

當上級長官向全場的弟兄們介紹時，後邊的人聽不清楚，只是跟著前面的人猛拍巴掌，過了很久很久，大家把手掌拍疼了還在拍……

掌聲之後，總統的特派員（後來大家才知道是胡偉克將軍）宣讀慰問信：「……你們在異邦忍受著衣食的貧乏，疾病的折磨，和風雨的侵襲。因為受環境的限制，我對你們不能經常以物質的補充，不能使你們迅速回國，重新加入反共復國的戰線，內心苦痛，實非筆墨所能形容！」

前一段介紹時，南風時大時小，忽有忽無，前面的人都流著淚，有的在抽泣。

「……沒有驚濤駭浪，顯不出你的堅定，」一聲音又突然提高了：「沒有危險震撼的變局，不足以見革命志士的忠貞。以往的艱苦困難，證明你們真是歲寒的松柏，不愧為黃帝的子孫，總理的信徒。我們有了這種不屈不撓的奮鬥精神，一定可以完成……」

前面響起了雷動的掌聲，一下子把後面的詞句給「淹」沒了。吳得勝皺著眉，暗想：鼓掌幹什麼？可是，自己不由得也拍手了，胸膛的鮮血似手也在沸騰了！

「……自從大陸撤退以來，我們全體軍民以台灣為基本正不斷加強，黨政軍的革新運動，已經逐步展開……較之大陸時期，真是不可同日而語！」

「……光榮的任務，不久就會落到你們的身上……」

「啊……」大家都一起歡呼起來。

「……忠勇的將士們，戰鬥中的祖國，在期待著你們歸來，鐵幕裡的同胞，正渴望著你們歸來，鐵幕裡的同胞，正渴望著你們去拯救！堅決、勇敢地前進，最後勝利是我們的！」

這時的風颸得特別大，幾乎每一個字都聽得清清楚楚地。

「啊！……」大家都歡呼著。一時天空都飛舞著土製的草帽，落下的又扔到半空裡，成千上萬的拳頭都舉起來，吼叫聲響澈了雲霄！

法國兵遠處的崗樓，都增加了人數，不知是在看熱鬧，還是加強警戒……。

＊

吳得勝提著一籃子的紅芋匆忙趕到廚房，丁元通剛剛解開圍裙，準備在另一端的儲藏室好好睡午覺。

他看吳得勝來，馬上精神百倍，拉住他的手：

「老吳，講講上午政府大員跟大家訓話的事？」

「弟兄沒跟你說過？！」吳得勝很不願意再說，反而問起丁元通。

「他們一個個都是大笨蛋——光喳吧嘴，就是說不出話來！」

「這也不能光怪他們！」

「怎麼？！」丁元通把眼睛豎了起來，很難看的樣子。吳得勝看他生氣的樣子，立刻改為笑臉。他說：

「你想想：當時的風忽大忽小，大家喝的墨水不多，誰能記得那麼多？」
「我看你們裁縫丟了剪刀——只剩下「尺」（吃）了！」他一把奪過來竹籃子。
「我自己燒吧？」吳得勝根本就沒有誠意，他提著籃子找丁元通的意思非常明顯。他深深知道他的脾氣，丁元通即使把對方罵得狗血噴頭，但是罵了以後，還是樂於幫忙，這是人所共知的事，所以上上下下的都處得很好。
丁元通把鍋底下的灰燼扒了扒，殷紅的一片文火冒上來。
「你小子的運氣可不錯，如果，今天是燒的乾草——就沒有餘火了。」
丁元通一面在火中間扒個坑，把些紅芋都丟進去，再埋好，一面做著，一面問吳勝得。
「說說吧！上午講的什麼話？」
「可多說！」
「那你就慢慢說吧。」
「讓我想想看——」吳得勝和丁元通併肩而坐，眼睛盯著鍋下面被餘火埋著的東西，腦子裡極其零亂而空虛，不知從哪裡找個頭說出來。他用右手摸摸腦袋瓜，眼睛向烏黑的房頂眨了眨，好像到處都是空茫茫地，腦子裡彷彿是東一片、西一片。……
丁元通看在眼裡，心裡的怒氣老早就往外冒呀冒地：
「啊！你看你一句話沒說出來，卻是擠眉弄眼、抓耳撓腮，你還有沒有完？！」
「反正，反正……快回台灣了！還是總統說的——」
「好久？！」

「好啦！」
「跟你說話，可把我給斃死啦！」丁元通把燒火棍一捧，站了起來，插著腰，告訴吳得勝：「紅芋都燒熟啦，可以吃啦！」
「那麼快！」吳得勝好高興。
「哼！平常說話嘰哩呱啦地，教你說正經事，你就抓瞎了！」
「啊！想起來啦！」
「什麼事情，值得大呼小叫的？」
「一人發套軍衣，每人三十塊錢！」
「真的？！假的？！」
「『砍空』（意即說謊）是這個！」吳得勝用右手比作個烏龜狀。
丁元通笑了又笑：「你小子說話靠不住，我找王文正去。」
「不要去，他沒有空！」
「那麼好的消息，你還瞞住我！」
「不是告訴你了？」
「一進門怎麼不早點告訴我！」
「我不是對你說了嗎？」吳得勝一面把埋在火灰裡的紅芋扒出來，捏一捏，又丟進去，重新理好，他撇撇嘴：「你說『熱熟，可以吃了！』這不是騙人嗎？
「怎麼騙人？！——平時，你們剛從地裡扒出來，不洗泥巴都照樣吃——」

「嘟！嘟！……」集合的哨子響了，而且一聲比一聲響，一聲比一聲急。

接著外面的「劈哩吧啦……」的跑步聲，也有人高叫著：

「可好啦！可好啦！發新衣了！發新衣了！……」

吳得勝把燒火棍丟得遠遠的，立刻跑了出去。

「老吳！老吳！紅芋熟了！紅芋熟了！……」

外面扔回來一句話：「都給你吃吧！」吳勝得的影子就不見了。

炊事同志都來了：

「班長，發衣服啦！」

「媽的，好的都教他們搶去了！」

「撿剩的，沒有好貨！」

「班長，走！我幫你抬衣服！」

「……」

「有什麼好嚷嚷的？！」丁元通瞪大了眼睛，向大家掃視一週：「誰說會搶？！誰的剩下的好貨？！我負責替你領回來！我負責人有啥，咱有啥，一件也不少了：少一樣，我——」丁元通使勁拍了一下胸脯：「賠兩樣！……幹活去！」

大家互相看看，伸伸舌頭，扮個鬼臉，才逐漸散去。

十六・「不自由，毋寧死」

自從「叫化子」似的軍人發了新服以後，義民村和陽東附近的越南人，當地華僑，出現了不少「修改軍衣」的新招牌，順便也擺了些賣香烟、水菓、日用品的小攤子。

生意最好的還是義民村，那些十七、八歲的大姑娘、裹小却的老太太，戴著老花鏡，坐在門口的布棚下，每人面前擺著針線框，三個一塊，五個一起，一面縫輔或修改軍衣，一面聊起以前在家鄉的快樂生活，和現在的俘虜、囚犯都不如的生活，說著說著就流下淚來，來時摔著鼻涕、擦著眼淚，慨嘆著看久才能撥雲見天，過著幸福的生活。

儘管別人是「一把鼻涕、一把眼淚」的過子的，但是在金花的想法裡：「那都是水濕的麻繩——自捆自。明明已經夠苦了，何必再搬石頭砸自己的腳！與其哭哭啼啼的過日子，何不想開點呢！」

金花閒得無聊，每天也在門前擺個針線筐。原來，她想跟韋太太合夥。她一看金花來了，不是說頭暈，就是搗著腰，倒在床上便睡，對金花的建議，推說：

「過幾天吧。」

過了幾天，又說：「老是不舒服。」

金花頗有自知之明，既然別人不樂意，就獨個兒搞自己的。因為她的嘴巴甜，長得又漂亮，在做活時，閒暇時，「京韻大鼓」、「蹦蹦戲」、「天津落子」……都唱得不錯，一些弟兄們有事無事都喜歡到金花那兒坐坐，聊聊，來滋潤一下枯寂的生活，有人向她開開玩笑，故意逗逗她，認她為「乾姐姐」、「乾妹妹」，她都一笑置之。

「喂！金花嫁給我吧？」

「我丈夫在台灣。」

「胡扯！」

「你怎麼證明我是胡扯的？」

別人把她捏一把，她白了人家一眼：「在家裡也是這樣對待自己的姐姐妹妹嗎？」

金花的生意好得出奇，她請來好幾位太太、小姐幫忙，還是忙不完。很招別人的眼紅有人罵她是：

「狐狸精！」

「騷婊子！」

「不要臉，勾引人家男子漢！」

連她手下的人都抱不平，告訴她：

「有人罵妳！」

她笑笑：「只要不當面罵，就當作耳邊風好了。」

夜幕低沉，幫忙的太太、小姐們都已離去。

金花把房門關好，獨自點燃蠟燭，把修改和沒修改好的衣服分開疊好。

「金花，」

「誰？」她一聽是吳得勝的聲音：「半夜裡還來做什麼？」

「有事同你商量！」

「明天再商量吧。」

「白天人多……」他又拍門：「開了門我同說幾句話就走！」

「什麼話嘛？」

「妳開不開門？」吳得勝的話帶著威脅性。

「你不能胡來的！」

「好的！開門吧！」

金花輕輕地開了半扇門。吳得勝就勢擠了進來。「呼」地拔出一把明晃晃的尖刀來，放在桌子上：

「妳最近變了！」

「得勝，」金花起先一怔，但是只有幾秒鐘的功夫，就笑臉相迎，並且深深地給他一個吻：「你生氣了？」

他一把推開她：「當然生氣！妳太濫了！太賤了！」

「我以為什麼事哩！得勝，你想想，」她又走近來，偎在他的懷裡，悄悄地、柔情蜜意地告訴他：「生意上了門，我總不能拒絕吧？我們現在忙點、苦點、存點，將來，你想想……咯咯……」

「那我是錯怪妳了？」

「我們女人家有什麼辦法？一會兒像小寶貝，一會兒像婊子。你們好的時候，要把自己的心挖出來！不好的時候，就把刀子亮出來……」金花說著說著就生起氣來，把胸脯挺得像座山峰，呈現在吳得勝的眼前，她嘟起了紅紅的小嘴：「要挖心、要剝皮就快點動手吧！」

金花的這突然表現，一下子把吳得勝這顆即將爆炸的手榴彈，弄得火氣全消，而且像一頭跟在金花後面的哈巴狗似地。

「對不起！都怪我！都怪我！……」吳得勝向自己的左右面頰摔了幾個巴掌。

「噯，噯……這是幹什麼！」

「處罰我自己呀！」

「好啦！好啦！怪可憐的！到現在才發一套衣服，白天吃不飽，工作又勞累——」

「好啦！好啦！……我的小妖精……說這幹啥？」

金花并沒有因為吳得勝插嘴而停止，她知道他已經被馴服了，趕快就勢轉移目標：「在大陸上被『八路』攆出來，又被法國人裝到口袋裡，給餓死、病死、折磨死……你們這些男子漢，就這樣忍氣吞聲地活下去！」

「不！不！不！」

「不活下去又能怎麼樣？」金花越說越有氣：「再不然拿金戒子收買我們女人的人，拿刀子強迫我們女人順從你，你把我們當作玩弄、欺負的對象！你們的本領就是這樣的！你看你們多神氣！多威風！」

「不！不！不！……」

「什麼『不！不！不！……』的——」

「我們要向法國人算賬！我們要——」

「好啦！好啦！你看你站在什麼地方？跟什麼人算賬？」

「我走！我走！……」

吳得勝果然轉身就走。

「喂，喂……」

「什麼事？」吳得勝又轉回臉來。

「把小刀子都忘了——跟法國人怎麼去算賬？」

「對，對，對……我混蛋！我混蛋！」吳得勝拿回刀子插在褲腰裡，出了門消失在黑夜裡。

金花本來想說聲「慢走」、「再見」的，一想到這個自稱是「混蛋」的傢伙，就生氣：

「唉！好人死了這麼多，怎麼也輪不到這個大『混蛋』的！」

如果是白天的話，她可以順口說幾句俏皮話，逗大家笑笑，可是，現在對著自己的身影，只是流出兩行熱淚……

十七．再接再厲，重見聲威

醞釀已久的「耶誕絕食」隨著耶誕節的日漸來臨，再即將付諸實施了！

在營區裡，義民村各處都緊張起來，軍民們三個一塊，五個一組，不分男女老幼，有時在集會討論，有時在街頭演講。王文正、李子健和其他幹部，還有婦女，都大聲疾呼地籲請在島上的三萬多軍民：

「誓死參加耶誕絕食運動！」

「抗議法軍的無理虐待！我們要求過著人的生活！」

「我們要求法軍履行『假道返台』的諾言！」

「不自由，毋寧死！」

「與其餓死、病死、折磨死，過著非人道的生活，倒不如為爭自由而死！」

「我們要求增加食物、醫藥！」

「……」

本來，這是一項祕密活動，不曉得這個消息怎麼走漏了風聲，法軍一再提出警告：

「取消『耶誕絕食』運動！否則，食米減半發給，再不聽話，全面停發！」

「『耶誕絕食』的後果是什麼？你們要先想清楚！否則，未來的後果要自負！」

法軍不但提出了嚴重的警告，而且加派了兵力，每個人都子彈上了膛、刀出鞘，機關槍、迫出砲，都對準了營區，遍佈各要衝、各路口的監視崗樓、崗哨也加強了警戒。入夜以後，一道道光束，像機關槍似地向黑暗的營區、義民村，往返掃村。不准人走動，更不得接近崗哨，實施了絕對的交通管制。這裡是沒有像北越蒙陽、宮門營區（被大家稱為『集中營』）的鐵絲網和其他障碍物，但是富國島的水域遼濶比一道鐵絲網控制得更嚴密、更有效，即使想乘著木船、輪船往北面跑，也會被法軍的巡邏艇給抓回來的。

白天裡，有法軍的小飛機在上空盤旋。膽小的人就東藏西葉，甚至去挖個防空壕，恐怕被丟下來的炸彈炸死。

儘管法軍實施了「心理攻勢」和「武裝鎮壓」的雙層手段，但是營區的弟兄們和大多數深明大義的義民們都結成一個整體，凡是那些擬電文、發宣言、寫標語、製作旗幟……的事，都在暗中進行，其中有一件最大的困難是：如何把「向全世界發表『耶誕絕食』宣言」的電文送出去，來爭取全世界（也包括聯合國）的同情，我國也可據理向法國（當時尚未絕交）提出強硬抗議。

「可是誰把這封電文送出去呢？」

管訓處的辦公室沒有一只燈光，室外便是一道道的光束照過來、照過去。一些開會的幹部們的掙扎，隨著光束的移動而閃亮。

有人在猛吸香烟，有人低下了頭，有人仰著臉，有人故作鎮靜，有人滿臉的焦慮……每個人的腦子裡，都有許多問號，而最大的問號便是：

「誰能成功地把重要的電文送出去？接受電文的人，又能成功地拍發出去？」

「請大家發表意見？」王文正趁著探照燈掃射的光亮，環視了大家，却沒有一個發言的。

又是一分鐘過去了。

他說：「咱們先決定個原則：是軍人去？還是義民們去？」

「我認為義民去比較好。」有位矮個子說。

「對，對……」立刻有幾位同意。

「那麼，」王文正又問：「是義民們的大人去？還是小孩去？」

「你所說的大人，是指男的？還是女的？」王文正的這兩句話又把大家考住了。你看看我，我看看你，有些人私下要交換意見，就是不願公開出來。細細瑣瑣的聲音却在彼此間傳送著。

王文正稍稍等了一下，一面自己也在分析是男的、叫誰去？是女的、叫誰去？叫他去，他願不願意去？給對方什麼代價？什麼條件？……

大家輕聲細語地好大一會兒。下巴有個黑痣的李子健肯定地說：「請女的去，這位女士或小姐，一定要美麗大方、能言善道，機警靈活，還要有強烈的愛國心，犧牲奮鬪的精神……。」

「好啦！好啦！……」矮子說：「照你這樣說來，好幾千個義民中也難得找出一兩位，有人能言善道，只是在廚房裡，生意場所，或者教室裡，你叫她通過大鼻子、藍眼睛，一身的尿騷味的洋鬼子——他要故意逗個樂子，這……這……可怎麼辦？」

「有了！」王文正靈機一動，喜上眉梢。

「誰？」

「金花！」他加重了語氣：「就是她！她是她！她一定可以達成任務！」

「對！對！」有人興奮地說：「別看這個女人有點『教人吃不消』的樣子，但是她的心腸還是不錯啊！」

「我反對！」站起來說話的李子健，雖然在黑暗裡看不見他的表情，但是語氣堅定，絲毫沒有圓轉的餘地：「這種女人簡直有點放浪形骸！太隨便，亂飛媚眼，見人就有三分願意的樣子，我認為她成事不足，敗事有餘！希望大家慎重考慮一下！」

李子健的語氣冰冷果然澆得有效，大家好一會兒都沒有了聲音，香烟頭的火亮倒是不少。

「不派金花，誰又能擔當重任呢？……」

大家的心頭又的溜溜地轉起來：學校裡的哪位女老師？診療所的護士？學生？誰家小姐？媳婦？……

「這樣好啦，」王文正說：「會後大家分別去尋找——連我在內，愈快愈好。現在我們討論各部門的負責人，假定法國人動武怎麼辦？不動武——實施飢餓脅迫怎麼辦？大家要有個心理準備，來應付可能的情況，尤其是義民村的全體義民們要和我們採取一致行動，才能發生最大效果，而且要貫徹始終，絕不能半途而廢，寧死毋屈！否則，後果不堪設想！」

「這個構思不錯，可是三萬多軍民，」有人作起難來：「我也相信多數人，都有破釜沉舟的決心，但是還有少數人，在太陽底下不吃、不喝、不睡要好幾天，這……這……這……可不簡單吶！」

「對！對！……」

「這是個問題！……」

「還有婦女、老太太、小孩、病號……」

大家紛紛發表意見之後又沉默了。

幾秒鐘又過去了。

「做什麼都會有困難、有問題的！」王文正站了起來很嚴正地說：「尤其是這次『耶誕絕食』不僅關係著你我和全體在越的數萬軍民的切身利益，而且關係著國家的榮譽和人類的尊嚴。大陸上的任何犧牲都不談了，各位想想在越北宮門、蒙陽、金蘭灣，現在陽東和介多，死去了我們多少軍民？他們都是不該死的！可是！他們因為飢餓、醫療缺乏而死！他們已向法軍作了無言抗議！」

「對！對！」有些人又在議論了。

「死去的軍民已經無法復生，讓我們這些沒死的人，為他們出口氣，與其大家零零星星地死去，倒不如以必死的決心，向法國人爭取我們應享的權利；我們一定可以死裡逃生的！」

有人要鼓掌，一下子被李子健拉住手臂：「問題還沒有解決呢！」

「對！對！先解決問題要緊！」

「對，對……」

＊

義民村的問題真多！

在原則上，「耶誕絕食」是完全參加的。不過，老人、小孩、孕婦、病人們是不參加的；不過，如果他們有的願意參加，也不反對。

有人說：「現在就吃不飽了，如果，再參加絕食那不死得快點！」

也有人說：「這樣好啦，第一天參加絕食，第二天就不去啦。」

「這樣好啦，我同我爸爸換班兒絕食，一天換一次，頭一天絕過食的人，第二天就可以吃東西，咱們跟法國人來個『長期抗戰』！」

有人贊成，有人反對，眾說紛順，莫衷一是。

「哎唷……」金花撇撇嘴，很不以為然地說：「要參加絕食的就參加，不參加就拉倒！哪有他娘的『換班』的！輪流的！怕餓死的——如果怕餓死，就別他娘的生出來！既然活在世界上，就高高興興的活，痛痛快快的活！你們怕什麼！」

大家都在閒聊，忽然金花帶「刺」的嘴巴「嘰哩呱啦」地說了一大套，把大家都給弄怔了！不知說些什麼才好！一方面也很奇怪，平時那麼個嬉打哈笑，被人鄙視的壞女人，居然侃侃而談——說出那麼黑白分明的話來。于是，你看看我，我看看你，又看看那個婀娜多姿、小嘴巴、杏眼圓睜，滿臉認真樣兒的金花；好像她是永遠屬于「春風楊柳」中的人物，渾身軟綿綿、嬌滴滴，也像頭哈巴狗、波斯貓之類的小動物，供人把玩、欣賞。或者放在腳底下面任人踩踏也不敢放個響屁的人，怎麼忽然就「變」了！是別人不瞭解她，還是她一向隨便慣了？誰也沒有功夫去「研究」她，她倒是喜歡管「閒事」。到處看看、問問、聊聊，不管是在越北、富國島、越南人、華僑，甚至法國的「丘八」爺，她也有意無意地同他們扯上一兩句。言語不通，便比手劃腳一番。向她吹吹口哨、擠擠眼睛，她也回以「飛吻」，把些毛頭小伙子弄得活蹦活跳地。法國兵離老遠見她來了，就「吆呵！吆呵！……」地叫個不停。

「金花，」大家沉默了一下功夫，有人問她：「妳參不參加絕食？」

「參加！」

「幾天？」

「人家絕食幾天，我就奉陪幾天。」

「不怕餓死？」

「……」她把別人不肖的斜視了一眼：「都讓你活著！法國人把你餵得肥肥地！渾身淌油！你就自在了？」

金花說完轉身就走。

「喂！喂……金花……金花……」

大家都一致注視看她的渾圓的臂部，細細的腰幹、勻稱的雙腿、閃亮的長髮，走起路來介乎淑女與貴婦之間的韻緻。不知大家是在欣賞她？羡慕她的一段好身材？還是驚異于人的不可揣測？……

＊

吳得勝提著一筐子紅芋慌慌張張、氣喘吁吁地走進廚房，一屁股坐在鍋牆的門口，拿起燒火棍就扒鍋底下的餘下。

丁元通正一面吸烟一面擦碗，那些討厭的蒼蠅總是飛來飛去，成群結隊地跟他開玩笑，在他臉上、鼻尖上、胳臂上，腿腳上，在那裡搓搓爪子、洗洗臉、理理翅膀，看這些小東西滿不在乎地，在身上亂爬——爬得人癢絲絲地怪不得味兒，把它們給揮跑了，手一停馬上就飛了回來，令人討厭極了！但又無可奈何。

在丁元通眼裡，看見吳得勝就如同看見了蒼蠅；這是一種不請自到的傢伙，大概因為過于「知己」的關係，主人在眼前面也不打個招呼。

他看他這次來，面部緊張，動作慌亂，便放下碗筷走了過去，問他：

「有事？」

「明天絕食你曉不曉得？」吳得勝把大把的紅芋朝鍋下送進去。

「曉得。」丁元通故意裝不懂，問他：「怎麼燒那麼多紅芋？你一個人吃？」

「還有弟兄呀！」

「叱，你很會帶兵嘛？」

他把丁元通看了一眼，并沒有再說什麼。大概不好意思說，也許另外有些難言之處。

「你把紅芋都挖絕種啦？那麼小——像些小孩的鶏鶏。」

吳得勝只顧埋它，把些鍋灰給浮揚出來，落得一頭一臉都是的，吸在鼻孔裡令人發癢。丁元通直想打噴嚏，可是張了張嘴，却沒有打出來，只好揉了揉鼻子。

「不瞞你說，」吳得勝埋好紅芋，這才好好轉過臉來，丁元通把烟頭遞給他，他很自然地吸起烟來：「沒絕食我就想到挨餓的滋味——肚子裡扁扁地，令人發慌、著急！能一根『條子』買一口飯，半口飯，我都願意！在家裡怎麼也沒想到食物的稀罕，重要！」

丁元通輕鬆地笑笑：「這下知道了？」

「你參不參加絕食？」

「參加。」

「我看你好像沒事的樣子？」

「是的，從明天起，廚房就沒事了。」

「我是說準備點吃的、喝的，必要時——」

「那他媽的叫什麼『絕食』！」丁元通有點火了。

「不，不……老丁你聽我說嘛！光棍不吃眼前虧，法國人也不會搜我們的身子，帶點紅芋去有什麼關係！」

「好，好，你聽——」

外面鑼鼓開始敲打了。人聲吶喊……。

「這是做什麼？」丁元通問。

「呀！我該走啦！」

「那去？」

「到義民村遊行——」吳得勝話沒說完，就跑了出去，但又回過頭來交代丁元通：「你替我招呼一下！」

丁元通交叉著手，走出了廚房，看著吳得勝迅速離去，大隊人馬，邁著整齊的步子，前面扛著國旗，扯起大大小小的旗幟——像一片旗海，喊著忿怒的口號前進：

「我們不能再忍受飢餓、疾病的折磨！」

「飢餓的軍民們，趕快團結起來，爭取人的待遇！」

「我們誓死回台灣！」

「不自由，毋寧死！」

「法國人！還我自由！」

大家在惡毒的太陽下，繼續前進。前面的隊伍已經轉回頭了，後面的隊伍還沒有出發。操場上的週圍，是一片旗海。司令台上，人頭鑽動，大家都在忙著佈置，沒有一個人是坐著的。

丁元通向南面看過去，崗樓上的法國兵拿著望遠鏡向操場上、向各路隊伍窺探，不知他們打的什麼鬼主意。頗令人費解。也許只是看看，不管怎麼樣，「耶誕絕食」明天即將付諸行動了，是死？是活？是成？是敗？就在此一舉了！

＊

正當全世界基督徒們以無比的虔誠慶祝耶穌誕生，為全人類帶來和平、幸福，祝福大家快樂把博愛傳遍世界的時際，富國島上有三萬多家破人亡的軍民，因不堪法軍的飢餓政策，不履行「假道返台」的誓約，而讓疾病的肆虐，把大家一個個送入墳墓，經再三再四地抗議無效後，才激起了全體軍民的絕食運動。

絕食的那天，廚房裡不再冒烟，學校裡沒有了上課的鈴聲，沒有一個小朋友到校。大家到扶老攜幼，一聲不響地齊向大操場進發，大操場已被各大隊、各中隊的官兵坐滿了，他們便擠在軍人的後面，繼續排下去。原來是日據時代的飛機場，如今都被人頭排滿了！遠遠望過去，真是人山人海！

以往熙熙攘攘的義民村、豫衡中小學，都杳無人跡，比「第四管訓處」（墓場）還凄涼。各營區冷清清地，連隻狗也見不到，只有一些小樹在寂寞地搖晃著，管訓處門前一向也是「鬧區」之一，佈告欄前面也是大喜歡瀏覽的地方，如今，只有幾個空架子，一任太陽的照射。

督察隊的帶隊官王文正到了廚房，看看大家正在拆鍋台，便問：

「這是幹什麼？」

「報告隊長！」丁元通抹去臉上的汗珠說：「要絕食就絕個徹底——連鍋也抬出去，對咱們的人說：貫徹絕食到底！別有人夜裡打歪主意！對法國兵來說：咱們中國人說話算數，一點也不含糊！」

他看弟兄們也歇了手，便說：「幹呀！咱們弄完了，也去絕食！」

王文正拍拍他的肩膀。丁元通轉過臉來，一個挺直地大姆指在搖晃著。丁元通立刻照辦。王文正高興地瞇著眼，把大家都逗笑了。

太陽升過了屋脊，清涼的晨風漸漸變成烤人的燻風，大家開始流汗，官兵間有「嗡嗡」的聲音。

「大家不妨輕鬆點，」李子健站起來向後轉臉，對大家說：「能說的就說，能唱的就唱，來調劑一下，不然時間過得太慢了。」

「怎麼調劑法？」有人低著頭，互相耳語：「我滿身是火，心裡像顆炸彈，恨不能一下子把什麼都炸光，算啦！」

「看！看！……」另一個弟兄碰碰他的膀子：「媽的！連大鍋都抬出來啦！」

「這叫破釜沉舟！好啦！咱們跟法國人『絕』定啦！」

丁元通帶著大家進進出出把幾十口大鍋都堆在司令台前，像個小山似地。

「啊！……」大家都一起吼叫起來，此起彼伏，接著是震耳欲聾的鼓掌聲、叫好聲，間有刺耳的口哨聲。有幾個人一高興，連抗戰時期的歌曲，如「大刀進行曲」、「熱血歌」、「八百壯士」歌……都一齊唱了起來，把積壓在心胸裡的悶氣，都給傾瀉出來了！

一時歌聲、鼓掌聲、喊叫聲、也有人嚎啕大哭聲……彌漫了整個場地。

「吳班長你怎麼不開腔？」

吳得勝說：「平時就餓得要命，如果再嚎、再叫地，那不死得快點！」

「快點死了，算了！省得受洋罪！受洋氣！」

「那怎麼行！」吳得勝極力反對：「我就根本反對絕食！」

「為什麼？」

「這不是很明白嗎？——正合法國人的意思！平常吵吵鬧鬧地說吃不飽，這下可好啦，你們自動地不吃飯，那不更省事！」

「聽說我們已向全世界發表宣言，抗議法國人！」

「沒用！沒用！都沒用！」

「怎麼說沒用？咱們政府不向法國辦交涉？不向他們抗議？我看法國人自己也該慚愧的！」

「你是辦外交的？」

「這可以猜嘛。」

「唉！」吳得勝嘆得口氣：「省點精神吧！」

＊

丁元通把所有的餐具都抬到司令台前，便抽空到了義民村，看看何家掩著門，喊了幾聲沒人答應，便趕快折到機場，離老遠就看到黑鴉鴉地都是人，他到處詢問：

「何老太太在哪裡？何老太太在哪裡？……」

他神色緊張，滿頭大汗，心裡急得不得了！她們一家人哪裡去了？也跟著絕食？小柱子呢？他二嬸呢？能找到韋太太就好了。她們門連著門，一塊兒絕食也不會離遠的。

丁元通從前面找到後面，又從後面找到前面，逢大人、婦女就問：「見到何老太太沒有？何老太太在哪裡？……」

「爸！」是小孩的聲音。他回過頭來一看，正是柱兒。

「柱子！」

「爸！」小柱子一下子拉住他的手。

「奶奶呢？」

「喏！」

「一個骨瘦如柴，幾乎是奄奄一息的老太太在她兒媳婦的扶持下，同大家坐在一起，一任陽光的煎熬，恐怕不要一會兒，就會把人給晒死的。

「媽！媽！……」他趕快蹲了下去，握住她兩個瘦弱的小手，著急地說：「這怎麼行呢！這……怎麼行呢！起來……起來……我送妳回家……。」

「不行！丁大哥！」劉淑惠說：「王文正——王大哥和我們都在你沒來前就動過她，凡是上了年紀的人，都不要來，也不能來的——」

「是呀！」韋太太也在旁邊解釋：「我們都勸過她，她不聽！她說她老早就活夠了！為著爭自由、爭取人的待遇，以命相抵，也是值得的！應該的！」

「媽！不行！那怎麼行呢！」丁元通急著滿身大汗，以左手扶她的背，要想把她拉起來。

她抽回手，搖搖頭，淚珠兒從眼角流下來，丁元通知道她的流淚是安慰多于難過，只有久別重逢的親人，才會這樣的。

「媽，你說話呀！」

丁元通的突然出現，安慰他的乾媽，大家都注視著他們，無不以同情的心神在感嘆著、議論著。小英、小蘭都倒在母親的懷裡睡著了，額頭上盡是汗珠子。

過了一會兒，老太太緩緩地睜開眼，腮膀子咕嚕了一下，擠出一絲的笑容，很安祥地說：

「元通，你來了！」

他把耳朵湊了過去，連連點頭：

「媽，妳說吧！……」

「我……把柱兒交……交給你了……」

「是，是……我會好好照顧他——」

「柱子的二叔——我家老二何文華——淑惠的先生——」

「是，是……」

「——也不知道他在哪裡？」

「我會打聽的，媽，擔心這些幹嚒！我，我——」

「——是死？是活？」

「媽——」丁元通急得不得了，也不知用什麼話安慰她。想想平時燒濕樹疙瘩，用五十三介侖桶當鍋灶，自己挑著大鍋，走遍了華南，冒過多少次生命的危險，也作過難，這次他真不知道如何是好。

教她回去還是讓她這樣下去？老的老，小的小，他看看周圍的人，都同他們一家人差不多，年齡也許小點，可是大家的表情、動作，都是一致的。他再望遠點、再遠點——遠到山腳下，樹林旁，都是人頭……。

他驚異了，大家的決心那麼大，行動那麼一致，這是什麼力量促成的？如果，在大陸上大家都有這種決心、勇氣和行動，怎麼會有今天的下場？

就在那一下功夫，丁元通想了很多，突然有一股力量升了起來，使他興奮，他要吶喊起來，他要告訴何人：

「只要把生死看穿了，還有什麼可怕的！」

老太太安祥地半坐半臥地躺在淑惠的懷裡。

「淑惠，妳累了吧？」丁元通問。

「不累！不累！」

「我們會替換的，」韋太太說：「你有事就去做吧！」

「沒事，沒事……現在可以好好休息了。」丁元通突然想到一件事，便問：

「妳們有沒有水？」

「有，有……上邊規定的，我們是絕食，不是絕水，我們都有了準備。」

「那就好！那就好！……」

在人們的經驗中，以往歡樂的時光，似乎過得特別快，太陽一升起來，就好像離落山就不遠了；而如今艱澀的日子，一天簡直比過一年的時間還長。

日頭老是釘在那個位子上。吳得勝折斷了一截樹枝，有半尺來長，插在泥土裡，看著枝影的移動，它卻好像一點也沒有動，陽光像火爐、像鍋底、像蒸籠……它好像要把人烤乾、蒸熟！每一根光芒，就是十萬根刺！刺傷人的眼睛，刺疼了人的皮膚，也刺疼了人的心！而且，每一根光芒，就是一束火把，令人難以招架。

鑼、鼓聲漸漸小了、息了，人們的歌聲稀了、少了，以前是吼的、唱的，漸漸變成哼的、呻吟的、哭泣的，再後來連呻吟的聲音也沒有了。

平常還有些和風、微風，早晨還有些涼涼的感覺，隨著日頭慢吞吞的升高，而漸漸為一片大蒸籠所取代。樹葉不再動了，漸漸地低垂下來，一點生氣、活力也沒有了！是否數萬人的絕食也感染了它們？

有些人被巡邏隊的救護人員抬走了，因為他們已經中了暑。有人口吐白沫。有位孕婦在喊叫，原來救護人員要把她抬離現場，以免影響胎兒：

她哭叫著：「……你們就成全我吧！我寧願我的孩子為爭取自由而死，也不願教他生下來就挨餓！就受氣！連俘虜的待遇都不如！……」

太陽似乎存心跟數萬軍民過不去，也像考驗大的決心絕食抗議的程度，他似乎放慢了「腳步」。

平常一過了響午，天空裡至少會有些雲片，有時甚至烏雲蔽空，雷聲隆隆，說不定會大雨傾盆地潑下來。

大家望望天空，今天的天空是一片湛藍，連一點雲絲也沒有！大家真希望下一陣暴雨，就如同乾裂的土地，奄奄一息的農作物，需要大量的雨水來灌溉一樣！不然少下點雨，稍稍滋潤一下也可以。

丁元通把最後一小段香烟吸完了以後，腳手像沒有地方放一樣，左看看，右望望，都是一樣的面孔，抑鬱、木然，沒有神采，場子外面的樹葉，雖已低垂下來了，但還綠意盎然，但是人們却失去了神采，就如同一些能活著的骷髏一樣！他想想如果除去衣服、除去毛髮、除皮肉……他有些畏懼！但只一剎那間，他又失笑了！

笑自己的胡思亂想，笑自己的幼稚。以前，他不愛想，也沒有想的習慣，如今，思潮一波一波地湧現……。

如果在家鄉，那該是「立秋三天遍地黃」的季節，可是，在這個鬼地方，一年到頭儘是夏天！儘是熱！再餓兩天都可以頂得住，但是太陽像火爐、天空像蒸籠、大地像鏊子（烙餅用），真教人吃勿消。

老丁感到發暈，想吐些什麼，什麼也沒有，眼前發黑，生花，有些天旋地轉，像一枝水草，沒有了根，飄浮在水面上，在流動、在激蕩、迴旋、下沉、下沉，彷彿有汽泡升上去，升上去……他像喝醉了酒，腿軟、身浮，由不了自己，昏花、潦亂、發黑，彷彿一頭跌了下去！有好深！有好黑？是什麼地方？……

「班長！丁班長！……」

他彷彿從萬丈的潭下面，悠悠地，慢慢地浮了上來……漸漸有了知覺、有了意念，感覺到有了自我的存在，耳旁邊有人在呼叫，手臂被拉施著、搖晃著……

「丁元通！丁元通……」好熟悉的聲音。

他翻翻眼皮，是王文正站在面前，弟兄們把水壺放在他的唇邊：

「喝口水吧！」

水？而且就在自己的唇邊，只要一張口，就會汩汩地流進口腔、肚腹……。

他感到自己已恢復了存在，一切都如昨天、上午一樣。

「快喝吧，」王文正探手摸摸他的前額，便說：「喝點水，我送你到診療所，明天就會好些的。」

「我生病了？」丁元通沒有說出來，只是張開嘴，一股清涼的泉流，流進了他的心窩裡，好舒服！頭又重新清醒過來：

「隊長，我只是睡了一覺。沒有生病！」

左右的弟兄們要告訴他些什麼。但被王文正擺手制止了：「你是病了，送到那裡看看，也沒關係——沒病再抬回來嘛！」

「不行！不行！你這是小看了我！污辱了我！除非法國人滿足了大家的心願！而且，而且……」他以手遮眼，看看太陽，太陽已經偏西了，光還很強，但已缺乏中、上午的威力了：

「慢慢還涼快的。」

「那就請大家互相照顧點吧，」王文正左右看看，大家都點點頭。

「隊長！」丁元通忽然想起來：「報紙上怎麼說的？」

「消息完全被封鎖了！」王文正毫不在意地說：「管它做什麼！我們做自己該做的，太陽總會落山的！」

大家擺擺手，笑笑，王文正離去了。

＊

又是一天開始了，又是火球般的太陽升起來了。由大變小，由紅變白，由海面上，由草地原上冉冉升起、升起……光芒收斂了，又恢復了它昨天的灼熱，令人皮膚疼痛，彷彿又碰到了傷口似地，雖然是輕微的，也會做人通澈肺腑！可是，這些人——台上的台下的，一直延伸到陽東機場的跑道頭的數萬軍民，介乎生與死之間；有人像死了一樣，但一下功夫又能伸伸腿、翻翻身，大人摟著小孩、老人拉住子女，沒有一個哭的！是眼淚流乾了？還是被太陽晒乾了？再不然是珍惜眼淚，感情枯竭？神經麻木？……

陽東大橋那面法軍是增加得更多了？還是出來「開開眼界」，來看看中國人自古以來，也許是世界上有史以來，最大規模的一次絕食抗議運動能否貫徹？能否達到目的？能維持多久？一天？兩天？會不會半途而廢？重新接受更嚴厲、更凶狠、更殘酷的虐待？還是？——

他們站在河堤上指手劃腳，是得意洋洋的？興高彩烈的？是在議論？還是訕笑中國人的「愚蠢」？固執？「不可理喻」？倔強？或是偉大？他們之中有沒有人表示同情？讚嘆？欽佩呢？……誰也不知道。

崗樓上的守衛者，拿著望遠鏡在輪流地探視。被探視的人，如囚犯─比囚犯更糟！如叫化子，如「烏合之眾」，像難民、像病號、像死人……還有什麼可看呢？

「我們應設個第五管訓處？」那些沒被飢餓弄昏的弟兄們還是硬起頭皮開玩笑。

「為什麼？」

「想想看，一、二、三管訓處是活人，第四『管訓處』是死人。咱們這些『耶誕絕食』的人，都是不死不活的，不是該成立個『第五管訓處』嗎？」

「呀！你小子滿有腦筋的嘛！該升你為管訓處的處長了。」

「咱沒有資格。」

「為啥？」

「第一沒有宰幾個洋人的勇氣，第二『耶誕絕食』運動不是咱發起的，第三──」這傢伙翻翻眼皮，看到二十尺以外，忽然叫了起來：

「是她！是她！就是她！」

「誰？」

「看嘛！」

「金花！」

金花穿著一身白褲褂，大邊草帽，草帽下邊罩著半個臉，漂亮的人好像穿件再破的衣服，也不減損自己半點媚人的姿色。這套緊身的素白衣服，更是艷光四射，令人側目。後面却跟著的是李子健。

「他們沒有絕食？」

「誰曉得！」

「咦——奇怪！」

「……」

金花已經走了過來，嘴角是向下的，好像不高興的樣子：「你來找我做啥？」

「到司令台就知道了。」李子健說。

「絕食期間還有什麼事？」

「宣言的電文發出去了？」李子健有點懷疑。

「你不相信？」金花回過頭來，暗想已經發出去三、四天了，怎麼還問。

「相信，相信……怎麼外界一點反應都沒有？妳是交給誰的？」

「一位華僑老人！」

其餘的聲音，他們都聽不清楚了。

＊

丁元通灌了一壺水走回來交給劉淑惠，另外從布包裡掏出了三根小紅芋，交給柱子一根：

「吃吧！」

小柱子看了看，搖搖頭。眼睛望著劉淑惠。

「嫌小？」她問他。

他搖搖頭。

「你不餓？」

丁元通把紅芋給小英、小英看看媽。

韋太太是閉著眼的。態度是安祥的。

他把紅芋遞給妹妹小蘭。她立刻接著就要吃，被她姐姐小英扯了一把，狠狠地瞪了她一眼。

丁元通立刻笑了。

「我問過妳們的老師了。」

「老師怎麼說？」小英、小蘭都一齊問。

「小孩可以吃東西，」丁元通說：「紅芋都是燒熟了的，被我擦了又擦，洗了又洗，吃吧！」

小英、小蘭都一同吃了，都說：「謝謝丁伯伯！」

只剩下一隻紅芋了。丁元通給小柱：

「人家都吃了，喏，你也吃吧！」

小柱看看劉淑惠，她瞟了他一眼，無限同情地吩咐他：

「男孩子哭了多難看！吃就吃吧！」

柱子用袖筒擦擦眼睛，一剎那間，那個小紅芋就沒有了，好像再有三、五十個紅芋，都可以在傾刻就可完了。誰都沒說一句話，但誰也都能體會得到的。

「丁大哥，你在那裡弄的？」

「唔，這是吳得勝燒的，他扒完了以後，我又撿出來的幾個。」

「聽！二嬸？」小柱子突然喳呼起來。

「聽什麼？」

「有飛機的聲音！」

「我怎沒聽見？」

「聽嘛！」

大家都不開腔了，每個人都豎起了耳朵。

果然，「嗡，嗡……」的聲音，由東北方傳來，由小變大，到了上空開始盤旋起來，原來一架單翼的小飛機。有些人抬頭觀看，有些人擔心會丟炸彈。

飛機在上空盤旋了幾匝之後，才搖搖翅膀順著來的方向回去了。不知它是來偵察些什麼，是看看數萬人絕食的情形如何？還是另有其他原因？

在司令台上的人有點活動了。大家都在紛紛議論。

「我們成功了！我們成功了！」李子健忽然高聲地叫了起來。

「暫且不要太高興！法國人目前是在同我們拔河比賽，沒到最後一分鐘，都不能算是成功！」王文正希望大家安靜些，不要浪費絲毫的精神。

「沒有我的事，我就回去了？」

「金花說罷，轉車下了梯子，正好有三個穿著法軍制服的摩洛哥人來了，由兩個翻譯人員陪同要走上梯子。」

「他們是？——」金花有些詫異地問。

「參加我們的行列！」

「什麼？——絕食還是投降？」金花下了梯子回過頭來問他們。

台子上的人有些已經站了起來，台下投過來無數驚異的眼睛，引起了不少人的議論。

「他們是來絕食的！」翻譯人員說。

「絕食？」王文正站了起來：「他們來參加我們絕食的運動？」

「是的。」

「請坐！請坐！」王文正指著凳子：「他們為什麼要絕食？」

三個人向翻譯人員指手劃腳地說了一會兒。

「隊長，他們是比非的摩洛哥人——是法國人花錢僱來的，他們的國家是法國人的殖民地，他們已經離家多年，有家歸不得，非常同情我們的絕食抗議，也要參加我們的行列。」

「他們不怕法軍的制裁嗎？」王文正安靜地詢問，台下的官兵已經開始騷動了，許多手指指著台上……

「他們已下定了決心！即使作牢，被槍斃也在所不惜！」

大家紛紛和他們三人緊緊地握住，王文正翹起了大姆指：「頂好！頂好！」他們也同樣做了。也會說國語的「頂好！頂好！」

王文正拍拍他們的肩膀，雙方面都非常興奮，摩洛哥人更激動地流出淚來。

王文正叫人向上級報告。

金花重新上台，和摩洛哥人一一握手、微笑、不知說些什麼好，台下又「啊哈！啊哈！……」地吼起來。金花走下台來，不斷向大家送著飛吻……。

原來一片死寂的、乾枯、了無生氣的場面，突然又活躍了起來，彷彿汽車加滿了油，輪胎打足了氣，久旱的心田，又重新滋潤了。

摩洛哥人參加大家的絕食運動，一下功夫就傳遍了陽東機場。

「媽的！法國人不剝他們的皮才怪！」吳得勝同弟兄們閒聊。

「這種『客人』最好招待了！」

「他們說：法國人來辦交涉了。」吳得勝補充了一句。

「不曉得是要人的？還是答應咱們的條件？」

「誰曉得！」不知道吳得勝吃了事先準備的紅芋沒有，說話還滿有精神。他想了很多，如果這次絕食沒有成功，是繼續餓下去？還是……？法國兵的臉色、刺刀、崗樓，被翻遍了紅芋地……病房、診療所、「第四管訓處」的墓場、木牌子的激劇增加……那太可怕了！

＊

第三天的下午四時卅分，隨著最後一批法國人的來去，才停止了數萬軍民的絕食運動。陽東大橋——陽東中山大橋上運糧的大卡車，首尾相接的開進來……。

十八・苦中作樂，振奮精神

「耶誕絕食」抗議運動、經過三天三夜之後，法軍終於向正義低了頭；除了「假道回台」因為「牽涉較大、一時無法辦理」之外，其餘如增加食物、醫藥、服裝等等——和法軍享有同等待遇，并且情商管訓處方面，要和他們「合作」，有什麼事，先同他們「商量」；向外發佈新聞，「是一種不友好的行為！」

有些人很「火」：

「他們才是不友好的行為！」

「如果說這次絕食，是『不友好的行為』，那麼，是他們逼出來的！如果，早些待人較好點，我們三萬多軍民，何必出此『下策』！看看診療所又增加了好多病號！『第四管訓處』又增加了好多個新墳！……」

大家都很氣憤，只有吳得勝微微地笑了：

「想不到絕食這一『招』，簡直比槍砲還厲害，沒放一槍、未發一彈、洋鬼子就屈服了——軍糧、醫藥什麼的，就源源而來！……」

「這是新聞界發生的力量。」

「我不明白！」吳得勝說。

「這很簡單，」有人立刻加以解釋：「西貢的新聞界向全世界發佈新聞，我國向法國提出嚴重抗議，指控他們虐待我國的無辜軍民，聯合國秘書長還在調查，法國的代表就坐不住聯合國的座位了，趕快詢問自己的政府，法國再問駐越的最高軍事指揮官，他們就慌了——」

「吆！那你是聯合國的特派員了！」

「啥！」對方睜大了眼睛。

「不然，」吳得勝說：「你怎麼知道得那麼清楚？」

「唔，」對方鬆了一口氣：「你沒看這兩天的報紙？——那上面才詳細呢，國際間都變成了我們中國人的朋友！都罵法國政府是小器鬼、藐視人權、毫無道義！……」

「真的有這回事？——」

「你沒有看報？」

「？……」吳得勝搖了搖頭。

「那你趕快看報去！」那人說完就走了。

吳得勝從床上跳起來，穿上膠鞋——這也是絕食得來『戰果』，床底下的臉盆、牙刷、嗽口杯。床上的軍毯，蚊帳……無不應有盡有。大家一字兒排開，看起來都很舒服——再也不受蚊子的騷擾，以後罹患瘧疾的人，一定可以減少。這比以前要啥沒啥、形同乞丐的情形來，簡直有天地之別。

他喜孜孜地走出宿舍，轉了兩個彎，到了管訓處門前，每個佈告牌，都擠滿了人，那些尋人啟事的、閱報欄、公告欄……都有人在指手劃腳地嚷成一片，裡面的人朝外擠、外面的人向裡擠，個子矮的人，還要豎起腳尖來，伸長了脖子向裡看，看又看不見，乾著急，剛剛站個好位子，又被裡邊的人給擠散了。弄得乾瞪眼，或者無可奈何地罵一陣子……

吳得勝在人牆外面擠了好大一會兒，忽然聽到管訓處傳來了鼓掌的聲音。他轉過頭來，看看窗戶外面，也有不少人朝裡看。

他也走了過去看熱鬧，原來裡面在開會，王文正坐在主席的右邊，挨在王文正旁邊的是金花，李子健他們。

吳得勝一下子心裡「卜卜……」他起來，完全出乎他的意料：

「咦！這個小婊子坐在那兒幹啥？」他暗忖著：「看她得意洋洋地，好像得了什麼好處？給了她好多錢？看她眉毛向上挑呀挑地，那個小嘴角，紅紅的小嘴唇，掀呀掀地、好騷！好浪！……她奶奶的！女人！女人！女人到哪兒都吃香，都受人注意，居然坐了『上席』！」他心裡好不舒服，硬是有點酸溜溜的感覺，彷彿在心頭上澆了半瓶醋似地。

但他的另一個念頭升起來。暗暗罵著自己：

「她又不是自己的媳婦，也不是自己的情人，有什麼資格吃人家的醋，罵人家『小婊子』？」

「後面的人不要擠，好不好？」有人在起鬨

「對不起，對不起！……」吳得勝在賠不是。

「你是來晚啦？」裡面的人又說話了。

「怎麼？」他看對方說話帶刺，吳得勝也給頂了回去：「管訓處的窗口是你自己的？」

「你！……」對方又要講話。

「好啦！好啦！」有人打了圓場：「都是自己人，就少說一句吧！」

兩個人悻悻地互相瞄了一眼，都不再講話。

可是，裡邊開會的人，講了些什麼，吳得勝却有一句沒一句地聽得不大清楚，從他們的表情看來，大家都很高興。金花受到了別人的重視，她變成了大家欣賞的對象，也有人悄悄耳語的，究竟他們在說些什麼，吳得勝又沉不住氣了：

「什麼事？」

「是金花要受獎。」和他最近的弟兄轉過臉來告訴他。

「她受什麼獎？」

「是他把絕食的宣言送出去的，不然全世界怎麼曉得的？」

「吆！想不到這個女人這次會做件正經事！」

他們正在你一句、我一句的咕噥著，却惹怒了靠裡邊窗口的火性人。他回過頭來啐了一句：

「少說一句，別人也不會認為你是啞吧！」

「你這個說話怎麼那麼難聽？」

「少說點，行不行？」

「不聽啦！」吳得勝轉臉就走，後面送來了一句話：「你早該走啦！」

他擦擦汗，無可奈何地走開，又回過頭來看看，有人在得意地笑著，使他心裡很不舒服，好像賭「牌九」老是抓「鼈十」一樣。

他看看佈告牌附近，總是圍著一圈子的人，有心過去看看，又恐怕觸了霉頭。中午的時間苦短，下午又要上操，聽講堂、做工、只有吃過晚飯再來看看。

他回到宿舍，躺在床上，兩手放在頭下當枕頭，眼睛望著屋頂的茅草，腦子裡出現了金花的倩影。那勻稱而成熟的身段，走起路來那種風擺柳的撩人姿態，那雙含情脉脉的眼睛，還有那只令人悸動小嘴唇……以前和自己多親近，可是隨著一切上了軌道，大家生活在一個天地裡，她的活動範圍愈來愈廣、接觸的人物愈來愈多。對自己來說，似乎愈來愈遙遠，好像頭上的月亮，可望而不可及。雖然也時常打個招呼，講幾句話，但是在語氣裡顯得冷漠、淡薄、敷衍，想邀約她單獨談談，總是有人陪伴著她，似乎也有人在「冷眼旁觀」著她。或者說自己的工作忙，「沒有空」，「需要照顧生意」……難道是「彼一時而此一時」了？是時光的無情還是環境的變遷？還是「失」而不能復「得」？

「淑惠真是個好女人！」金花的影子漸漸淡去，淑惠像一枝空谷的幽蘭。由遠而近、漸漸呈現出來。她和金花都是美的化身，但是風格不一樣，色調不一樣、姿態也各異，一個像杯「醇酒」、一個像盞「清茶」，一個是明艷照人，一個是淡香悠悠。淑惠那鵝蛋型的臉蛋，清秀的眼眉，端正的鼻樑，嘴唇沒有金花的小而厚圓，但另一種令人疼愛的媚嫵，身材近乎消瘦，體態輕盈，與人接談，總是有一種淡雅含蘊之美。也許由于她本人的子女夭折，丈夫的終年在外，音信斷絕，還要侍候風燭殘年的婆婆及年幼無知的姪兒——柱子，眉目間老是流露出一股淡淡的幽怨，看她正值二十七、八歲的年華，無論怎麼也應該有自己的「主」兒。

他後悔自己的莽撞，不該在沒有建立牢不可破的情感之前，就表露了自己的心跡和魯莽的行動，以至於無法再接近，取使再接近，就好像小鳥見到獵人，只要瞟他一眼，甚至一聽到有他輕微的足音就飛得遠遠地，令人惆悵、懊惱不已。

外面一陣雜沓的腳步聲和刺耳的喧嘩聲、打斷了他的思緒。

「好久開始？」

「他們開會決定最近開始！」

「我贊成製造槍砲，不贊成蓋大會堂！」

「什麼理由？」

「沒人、沒錢！」

「有的是山林！」

「人呢？」

「我們三萬多軍民，真是藏龍臥虎呀！」

另一批人也在嗆呼著：

「怎麼不讓記者們進來呢？」

「怕丟法國人的臉！」另一個人說：「想想吧，那時候咱們正在大操場上擧行亙古以來的絕食運動，如果把照片、訪問稿登在全世界的報紙上，那可夠法國人瞧的了——他們自命不凡、以「自由、平等、博愛」為立國精神的西洋鏡，不是一下子就戳穿了？」

「他們不讓記者們進來採訪的消息還是登出來了！連絕食餓死人的消息，也發布出來了！」

其中一句「製造槍砲」教他迷惘了！

什麼槍？什麼砲？要打法國人還是「八路」？還是幫他們打「越盟」份子？用什麼製造槍砲？……是自己聽錯了？還是自己糊塗了？

天熱、人多、噪雜，剛剛有點睡意，又被另一種聲響給打斷了！

還不如從前在半飢餓中，隨時都會被：赤痢、瘧疾、傷寒鼠疫、水腫病……給攫了去！那時，只有「怎樣活下去」？和「好久回台灣？」的單純意念。如今、能吃飽、喝足，便有其他的種種念頭，複雜的人與事，都擺在眼前，令人困惑、感到棘手……

「吳得勝！」

他睜開眼，是丁元通站在面前。

「什麼事！」

「我媽病了！」

「什麼？她病了，那她現在怎樣了？」吳得勝趕快坐了起來，心知不妙，用腳去試著找鞋子。

「現在很厲害，不曉得能不能拖過今天？」

「唉！」吳得勝不覺得嘆了口氣，連自己都覺得奇怪，因為這樣可以和劉淑惠接近了，有些事，她必需找他幫忙：「你先回去吧，我交代好了，就過去。」

「快點啊！」

「丁元通這小子長得像隻大蝦蟆，有啥子過人之處？居然得到老太婆的青睬，收他為乾兒子，難道是因為他當了伙伕頭？」他撇嘴、搖頭，不屑地笑笑。

吳得勝穿好了衣服，提上鞋子，向值日的交代一聲，就轉身出了宿舍。

天空濃云密佈、樹稍一絲的微風也沒有，令人感到悶熱、心煩！北面有「隆隆……」的聲音，不知是打雷還是砲聲？他一時無心去分辨。

當他到達病房，站在老太太前面時，她并沒有像想像中病重，反而顯得十分安祥，雖然她還是那麼瘦弱——兩眼深陷、滿臉的皺紋、嘴裡僅有幾顆大牙、面頰已經癟了進去，但精神極好，見他來了，很想坐起來，但被淑惠，韋太太以手制止著。

王文正、丁元通、小柱子、小英、小蘭都分立左右。好像在等待他的來臨，有些什麼事要商量。

老太太以手示意：教他坐在床沿上。吳得勝點頭照做了。他探手摸摸她的前額，溫度是正常的，略略有點涼意。她就勢握住了他的手，他也握住了她瘦小的手，心中有種沉甸甸地覺，他偷看了淑惠一眼，她還是低住頭，是憎恨他？是回心轉意了？比較起來，丁元通矮得像冬瓜。王文正是一表的人才，氣度軒昂，不知是他自視甚高，還是不願與有夫之婦打交道？他總是保持相當距離的客氣、或者是和她有一定限度的禮貌。那麼剩下的就是自己了。也許老太太要代替淑惠說出不好啟口的話。

吳得勝按捺住心頭的喜悅，便找出一句話來：

「老太太的精神很好？」

「她的精神現在好多了。」王文正說。

「如果老太太不參加這次『耶誕絕食』，精神會更好的。」

「老太太自有她不尋常的看法。」王文正的口氣、態度、非常敬重她。他說：「有了老太太的參加，感動了多少人、鼓舞了多少人的勇氣。」

「可是她吃了多大虧，」丁元通抱怨著：「本來她老人家的身子還不至於這樣壞的！」

老太太掙脫了吳得勝的手，笑笑：

「我能活到今天，已經很滿足了。」老太太說話的聲音低沉而緩慢，但很清楚，她繼續說：「人有生就有死，不過就是早一天、晚一天……罷了——」

「說這些話做什麼！」吳得勝說。

老太太沒有理會，她似乎說話自己聽，也像給人家聽。她說：「這一生最遺憾的是：沒有回到台灣去，沒有從台灣回家鄉去——」

「能的！能的！媽！」丁元通近乎哀求著：「聽說，不久的將來，蔣總統會派輪船接我們的。」

「真的！」老太太笑笑。

「當然是真的！」王文正和丁元通都一起爭著說。

她閉閉眼睛，又睜開了，看看臉前的人，似有無限的哀傷；哀傷著一個書香門第，與世無爭，平常樂善好施，抱定「不修來世」宗旨的人家，如今竟落得家破人亡，差點餓死異域……這難道就是人人應有的下場！如果是一家或少數人也就罷了，偏偏這是一場中國人的浩劫！

但老太太想得開，再哀傷也無法挽回已有的損失。現在不是還有長子何文良的好友？次子何文華雖然不在身邊，但還有一絲的希望沒有斷絕，弟兄倆還有何家的一條根——小柱子在身邊，還有患難與共的韋太太，站在面前的還有小柱子的救命恩人，這都是不幸中的大幸嗎？

老太太安祥地閉上眼睛。

「媽！媽！」丁元通接著她的手，喊叫著。

「老太太！老太太……」王文正也呼喚著。

她睜開眼笑笑，很勉強地說：「我……我很……疲乏……淑惠……我走了之後，妳把……我的話……告訴他們……好了……」

風燭殘年的老人經不起殘酷的折磨，就在第二天早晨太陽剛出來的時候，終於與世長辭了！

那天下午日落之前，「第四管訓處」的廣大墓場上又多了一個新墳、新的木牌子，木牌子前面留著一堆灰燼、一束香、一束花還有一隻搖曳的燭光……。

落日的餘暉照著一些嚴肅的面孔，每個面孔幾乎都閃亮著默默的淚浪……。

王文正勸著劉淑惠節哀，丁元通的思緒很複雜，比逝去了親生的母親還要傷心，他依然跪在原地涕泗滂沱地嗚咽著：

「我一定好好照顧柱子，媽！妳儘管放心地去吧！我一定早些找到小柱子的二叔，讓淑惠和他團圓！我一定……我一定……可是，妳就這樣地去了……」

吳得勝仰望天空，天空漸漸暗淡下來，有倦鳥兒緩緩地掠過。他望望金花，在黑紗下面露出半個白皙的面孔來，尤其是被他吻過的小嘴巴，似乎在忽然間，更誘人、更甜蜜，如果，她能有淑惠一半的內向些，可能更令人陶醉！

其實，韋太太長得也很清秀，可惜她的眼神總有幾分憂傷的氣氛，令人感到她是屬於多愁善感、悲劇型的人物。

小柱子、小英、小蘭這一群孩子，總是離他遠遠地，平常給他們帶點水菓、餅乾，也引不起他們的興趣。

丁元通緊握小柱子的手。小柱子摟住了他乾爸爸，比親生的父子還親，不知道的人，誰能懷疑他們父子的關係？

吳得勝看在眼裡，總有一種壓抑感，好像不是來送殯的，而是出一趟公差。

他望望天，看看大家，便說：

「天晚了，咱們回去吧？」

王文正也接著說：

「該回去了！劉老師以後我會常去看妳。」

「淑惠，以後看開點，」金花一把拉起她：「苦難的日子快要過去了。」

「二嬸，我好怕！」小柱子拉住淑惠。

「不要怕，柱子，」金花說：「晚上，我去陪你。」

人去了，夜風在墓場上吹起……。

十九・苦盡甘來，祖國啊！祖國！

經過長期苦難、戰亂、流離失所的人，往往缺乏平時應有的情感。何老太太的去世除了鄰近的人知道以外，義民村的人，彷彿就不知道他們這家人。生病、死亡什麼的，極其稀鬆、平常的事。

建造世界上最大的草房的計劃，已經上級批准了。因為上次王文正主持重建陽東中山大橋有功，這次仍舊交他去負責興建。

所有廚房的鍋灶，一律捨棄汽油桶而改為傳統的圓底鍋，炒菜時，鍋裡終於有了植物油、各種應有的作料，每天大、小鍋都被燒得「吱吱辣辣」地，丁元通有了笑容，肩膀上有了擦汗的新毛巾、新圍裙，耳朵上的香烟頭也加長了。吳得勝再也不去拿燒火棍去埋紅芋。要吃，就煮上幾大鍋，盡量吃好了。

他現在除了上午帶兵上操之外，下午就實施勞動服務，伐樹砍木、製作槍砲。

李子健不知在哪裡弄來的牛皮、鐵皮，在製鑼鼓。

會打鐵的人，開了爐，自做風箱煽火，各種鋤頭、犁耙……種田的玩意，都一一解決。

營區裡軍歌嘹亮，孩子們都學會了，他們也自動組織起來，排成隊伍，口裡高喊著：

「一、二、三——四！」

「一——二——三、四！」

「……」

大人們都在旁觀看、鼓掌。說他們：

「又一批反共救國軍誕生了！」

政府要員不時前來視察、慰勉。

當地的華僑經常組成康勞軍團前來表演歌、舞、雜耍……這樣大大刺激了營區和義民村的軍、民，各種平劇社、地方戲、大鼓、落（讀ㄌㄠ〔四聲注音請注意〕）子、洋琴、絲絃、鐵板快書、相聲……無不應運而生，每天黃昏之後，義民村、大操場、司令台各處，都有不同的戲曲、歌、舞表演，每個場合都有他的基本聽眾。連附近的法國官兵也集體帶進來欣賞，大家似乎把以前箭拔弩張不愉快的事件，暫時拋諸腦後。

常到金花那兒縫補衣服的弟兄們，都知道她會唱戲、哼點兒小調什麼的，便問：

「金花唱點京韻大鼓吧？」

「好是好，可是沒有道具呀！」

「什麼道具？」

「比方說，既是京韻大鼓，總是少不了大鼓吧？」

「我來想辦法。」

「還有兩片月牙形的鋼板。」

「那也好辦！」

「可惜沒有伴奏的！」

起初大家以為金花是說著玩的，弟兄們也是沒話找話說，來打發空白的時間，再說金花也非常大方，跟誰都談得來，只要不打歪主意，存心佔她的便宜，一些不傷大雅的小玩笑，她都一笑置之。她私下裡對那些太太們說：

「一些阿兵哥，年紀都二三十歲了，有的是四十多歲了，還是單身一條，總是喜歡找個人聊聊，只要不太離譜，大家一塊兒說說笑笑，也算不了什麼的。」

可是，人家對她的建議，都不敢「嘗試」，有些人紅著脖子「嗤嗤」地笑起來。

這次她要出來演唱京韻大鼓，只缺少個伴奏的，其中有位被人稱做「老陳」的，卻自告奮勇地說：

「我來替妳伴奏好了！」

「你？！——你會彈琴？！」大家的視線都集中在老陳身上。

「會，是從不會學成的。」

「去你的，扯什麼淡！」大家都笑了。

金花把他看了一眼：

「你要會的話，咱們就先合對一下，怎麼樣？」

「這樣好啦，今天沒有準備，明天怎樣？」老陳說。

「那就一言為定？！」金花說話非常爽快，眼睛盯著對方，等著回答。

「一言為定，可是什麼時候？」
「明天晚上，怎麼樣？」
「好，一句話。」老陳也很爽快。
他們的一問一答，都把別人給弄楞啦！是真？是假？大家都要看看這次熱鬧。
第二天太陽沒下山，金花的門庭若市，像鄉下人趕集、逢會似地，擠了很多好奇的鄰居，金花的老主顧也來了。
金花也有意露一手，老早把請來縫補衣服的工作都打發走了，反而招來了更多看熱鬧的人。
天一黑，金花就把準備的蠟燭點了幾盞，專門等著老陳把伴奏的人請來。
等待是一件令人很苦惱的事，大家都盼望著早些表演，有人感覺場地不夠用——應該在大操場上亮相。也有人沒有抱著太大的希望，金花能唱幾個小調也就不錯了。
正當大家議論紛紛，擠得小孩「哇哇」叫的時候，忽然後面有人高叫著：
「來了！來了！」
大家不約而同地向後面張望，有人嚷嚷著：
「讓開點！讓開點！……」
金花向人縫裡看了看，從人縫裡擠進來的不是老陳，而是一向喜歡開玩笑的老趙。他手裡端著小鼓，拿著三腳架，後面跟著一個白皙面孔高個子，左手拿把「三絃」，軍官的打扮。
「這位是金花小姐，」老趙替他們介紹：「這位是診療所的分隊長——蔡士心。」

的土產。」

「金小姐，妳好。」

「分隊長，請坐！」

「不客氣！不客氣！」蔡士心點頭為禮，他說：「這把三絃是臨時拼湊的──完全是這兒的土產。」

「還不錯，」金花看了看三絃，是牛皮繃的面子，長度是夠了，絃桿兒是新製的，原木的白色，沒有經過油漆，三根絃子倒是不錯的。她說：「分隊長，咱們就試試吧？」

蔡士心的四方口笑笑：「我是好久不彈此調了！」

「我也很久沒有練練嗓子了！」

蔡士心坐在竹凳上，左腿放在右腿上，左手握旋紐，右手調音，很熟練地鬆緊了幾下，就把音階給調好了。

「哎呀！老手！老手！……」金花鼓掌叫好。

「那裡，那裡！……」蔡士心很謙虛地說：「聲音不脆、不柔，而且有些木拙，要是使用蟒皮就好了。」

門外熱氣騰騰，鼓掌的、吹口哨的，大家擠過來、擠過去，簡直要把金花的房子給擠壞了。好在老趙他們一伙熟人，在維持秩序，又多點了幾只蠟燭，門口亮得好了。

「各位，捧捧場！」老趙說：「大家請安靜點，馬上就演唱了！」

門外面響起了一片掌聲……。

金花架好了鼓架，左手舉起兩片鋼板，右手持鼓錘，只是輕輕地敲了幾下。

外面又是一片掌聲。蔡士心立刻進入情況，便問：

「金小姐，唱那一段？」

她用鼓錘理理長髮，略一思索，便說：

「——那就試唱一段『大西廂』吧。」

他點點頭，撥弄著三絃，金花亭亭玉立，右手揮動鼓錘，搖動了月牙板，只聽得：「咚、咚、咚……咚、咚、咚……」「叮、叮、嚐！叮、叮、嚐……」

三絃發出低沉而悠遠的琴聲，一下子把人們帶入京韻大鼓的情調裡。彷彿大家不是站在法軍的集中營裡，而是站在南京夫子廟前、北平的天橋、徐州的黃河灘……久已濶別的鄉音，重新送入每個人的耳膜裡、心坎裡，與心絃起了共鳴，大家屏息以待，宛如乾旱已久的心田，即將獲得甘霖的滋潤一樣！

「二八的俏佳人懶梳妝……」金花輕啟櫻唇只才唱那麼第一句，外面就鼓起宏亮的掌聲來，在掌聲裡，又爆出無數個「好」來。金花點頭含淚致謝，繼縱唱下去：「崔鶯鶯呀得了這麼點病，躺在牙床。（鼓聲）躺在了床上，她是半斜半臥。（鼓聲）您說這位姑娘，她情獃獃呀、悶憂憂、茶不思、飯不思，」

金花一面唱，一面演，她把頭半歪，作臥床狀，以鼓錘橫於頭下作枕，那神態、那模樣，就好像一位少女多情的崔鶯鶯的化身，病懨懨、怨悠悠，真是令人憐愛，一下子感動了所有的聽眾。尤其唱到：「孤孤單單、冷冷清清、困困勞勞、凄凄涼涼。」每一個字又快又緊湊，密密相連、瑲瑲錚錚，宛如大小翠珠走玉盤，無不令人拍案叫絕。

接下去，她唱著：「獨自一個人悶坐香閨，低頭不語、默默無言、腰兒瘦損、也斜著杏眼，手兒托著她的腮幫。您要問這鶯鶯是得的什麼樣的病，（一口氣唱下來，語調驟轉）忽然間就想起了那秀才張郎。」大家隨著她「咚、咚……」鼓聲和「鏘、鏘……」的月牙板聲，才鬆了一口氣，接著是一陣爆炸式的掌聲。

金花連連點頭，謝謝大家的捧場和愛護，這時演唱者和聽眾們完全打成一片，融成一體，真正到了渾然忘我的地步。

但她並沒有就此稍停，而且全神貫注地演唱下去。蔡士心的克難「三弦」總是「卜卜楞楞……」地配合著，雖未達天衣無縫的地步，但都能得心應手，恰到好處，看他兩眼緊閉，搖頭幌腦，右手彈弦，左手順著弦桿兒滑上滑下，幾個手指頭起起落落。而且最令人叫絕的是，他能隨著金花的音調而高高、低低，右手的彈奏也跟著快慢相配合。甚至金花唱到哀怨處，蔡士心也能繼之以低沉、緩慢的音階給表現出來。

她從呼喚紅娘去請張君瑞，小丫環果然不辱使命，從她裝糊塗戲弄雙方，在沿著花園所見的花卉、廝鬧學館，唱到兩個人「關關睢鳩見了面，在河之洲配成雙」。接下去在十里亭上餞別，「哭壞了那位鶯鶯，這不嘆壞了小紅娘！……」尾音悽悽慘慘而止。鼓聲、月牙板和弦聲也都一起停止。聽眾們一再鼓掌，金花和蔡士心更是汗水濕透了衣衫，他們向大家鞠躬。

聽眾們要求他倆：「再來一個！再來一個！」

可惜屋小、人多，裡外像個蒸籠似地，蠟燭已經化成一灘蠟水，金花一再向大家作揖，希望多多原諒，保證「以後有機會，一定向大家獻醜！」人們還是一再鼓掌，再且更熱烈！更響亮！

兩個人你看看我、我看看你。大家的鼓掌聲，更是震耳欲聾，間有尖銳的口哨聲……。

他倆不得已，一面擦汗，金花說：

「我再孝敬大家一段『一門忠烈』。」

聽眾們又是一片掌聲。這是明將周遇吉忠孝不能雙全，為抵擋李闖王而戰死寧武關的一段故事，所以，又名「寧武關」。

在演唱時，燭光盡息，鄰人們自動地拿來更多的蠟燭，一起點燃，猶如開一次盛大的燭光晚會。唱彈的人固然使出了渾身的解數，而聽的人都一個個沉浸在壯烈的故事裡。彷彿金花就是周遇吉的化身，也好像辭別了深明大義的高堂老母，拜別了為國捐軀的妻兒，轉身擰槍上馬，衝入敵陣，不幸被亂箭射殺的場面，直到鼓聲、弦聲遽然而止，大家才從如痴如狂的夢幻裡醒了過來，接著便是一陣愉快的掌聲，才結束了這場「意外成功」演唱會。

許多人，尤其是上了年紀的人都向他們拱手致意，連說：「太好了！太好了！……」

也有人驚嘆著：「這比聽鼓王劉寶全的大鼓還過癮！還高強！」

「那裡！那裡！大家過份抬愛了！……」

金花送走了聽眾，蔡士心就要回去。他說：

「所裡的病號很多！」

「再坐個幾分鐘吧！」金花挽留著他：「我替你打盆水，擦把臉。」

蔡士心在洗臉時，金花替他砌壺茶，倒在杯子裡，等他洗擦完畢，便遞給他：

「蔡先生彈得太好了！」

「哈哈……」他站起來接住茶杯，爽朗地笑起來：「還『太好』呢？——妳看看，這是啥玩意？！」

金花理理頭髮，用小手帕在臉上沾沾，「普嗤」地笑了笑：「我是說，有這樣的弦子，能彈到這一步，可不就是太好了！」

兩個人都含蓄地笑著。

「我看金小姐的唱作，如果沒有十年八年的基礎，是不能唱得這樣好的！」

「真的？！」

「當然是真的！而且，」蔡士心呷了一口茶，很羨慕地說：「妳的音色既甜又脆，如果，是太平盛世，妳可就紅遍了大半個中國！可惜『八路』作亂，否則，怎麼會落到這一步！」

「蔡先生，你別開玩笑了，什麼又『甜』、又『脆』的，又不是哈密瓜？！格、格……」金花笑了。但她馬上換了一付嚴肅的面孔：「我向來不想以前的，幹嘛再給自己增加痛苦呢！咱們不談這個，我看蔡先生的三弦彈得可真迷人啊！怎麼平常沒聽說？」

「想想看，」他一時陷入愁苦的境界裡：「假使妳看到無辜的軍民同胞，不是為愛國而死，而是被餓死、病死，甚至脹死——他們都是不該死而死的，一個個呻吟而死，眼巴巴地望著他們的氣息，這該是多麼殘酷的事實——」

「蔡先生——」

「本來，我們第一次交往不應該談這些事的，可是，這是我生活的全部——吃飯、睡覺——一閉上眼睛，那些已死的、沒死的——」

「蔡先生——」金花一把拉住他的手，眼睛閃亮著淚珠：「我們不能談點別的嗎？」

「……」蔡士心抽回了雙手，眼睛望著金花，緩緩地站起來，不知說些什麼才好！

「坐，坐……蔡先生多坐一會……」金花低下頭，用手帕摀住小嘴。

蔡士心拿起三弦，緩緩走到門口，轉過身來向她說了句：「金花小姐，明天見。」

「……」她若有所失地向他擺手示意，外面是黑沉沉地，腳步聲漸去漸遠……

＊

平時知名度甚高的金花，經過一夕的演唱，大家都對她另眼相目，營區內的弟兄們有沒有修改或縫補衣服的，都去看她，門前一天到晚川流不息，總隊部、大隊部都有人向她接洽，希望她能到司令台、大操場，為大家表演，並且提出優厚的條件，李子健問她。她說：

「藝術不是商品，何必帶著那麼重的『錢銹』味！」

「妳的意思是——？」

「再說演唱京韻大鼓是兩個人的事，」她繼續說下去：「我一個人不是孤掌難鳴嗎？！」

「妳是說需要蔡士心的伴奏？」

「他的事很忙。」

「這妳不要操心！」

「還有伴奏的三弦是臨時拼湊的。」

「那好辦。只要妳先同意。」

「我……？」金花遲疑一下：「實在說來，我也不是科班出身——都是道聽途說，學來的一鱗半爪，都不能入大雅之堂——」

「得，得……」李子健手一擺，截斷了她的客氣話：「只要妳願意唱就行了！想想看，幾萬個軍民在一塊兒受苦受難，不用點歌唱、戲劇來調劑一下，那不是教人發瘋？！怎麼樣，妳是同意了？」

「嗯——」金花把聲音拉得長長地，眼睛望著屋頂，牙齒咬著下嘴唇，答應一聲：「好吧。不過，得要先找蔡先生商量、商量啊！」

「咱們就一言為定！」

金花點頭、微笑，目送著李子健興沖沖地離去。

自從金花在義民村一夕之間成為名人之後，大家都把話題、視線好像都集中在她一個人的身上。有人猜測她的出身背景、以前在大陸上的職業、交往、今後的發展，有人說她：

「以後就是苦盡甘來！」

「那麼色藝雙全的人，怎麼不找個婆家？」

「這人沒爹沒娘的，也怪可憐！」

「你替她擔個什麼心？以後的財源不是滾滾而來！」

「不過，」也有人提出警告：「人怕出名、豬怕肥，以後是禍是福？那就很難說了！」

第一個給她威脅最大的就是吳得勝——吳班長。

有次，金花演唱回來，護送的人員和幾位要好的鄰居走了以後，正當金花要關門睡覺時，吳得勝像個幽靈似地出現在面前，把金花嚇了一大跳。

「怕什麼？」他把金花一推，便大模大樣地走進來：「不認得我了？」

「認得！認得！……」她一連退了好幾步，像隻被貓看住的小老鼠，渾身顫抖著。

「妳怎麼怕成這個樣子，難道我能把妳吃了？吞了？——嗯？！」

金花睜大了眼睛，直搖頭，連說：「不會的！不會的！……」

「那妳怕什麼？！」吳得勝的身影照在牆上黑了一大片，相形之下，金花顯得那麼孤單、瘦小、可憐！他繼續說下去「以前我來的時候，妳總是有說有笑，顯得那麼親熱大方，現在，妳成名了！紅了！是不是？！」

「不是！不是！……」

「是什麼？！」

「我是說——……白天有我的工作，晚上又唱了大半夜，人……人實在太累了！我、我……需要休息……明天還要排演……」

「這是妳自找的！為了名！為了利！他們到底給了妳多少？！」

「沒有！沒有！一文錢也沒有！」她抬起頭來，第一次理直氣壯地說：「這完全是義務！為了調劑大家的生活，為了——」

「為了——」吳得勝獰笑著站起來，黑影從牆上擴大、更擴大……」

金花朝後退，吳得勝一步一步的進逼。

「請你自重些！」

「我也需要調劑，嘿、嘿……」

「我要叫了！」

「叫吧！」吳得勝抽出一把閃亮的尖刀來：「老子這條命是撿來的！妳叫吧！」

「吳先生，我還能說句話嗎？」金花突然停止了後退，直起了腰桿，突出的部份，幾乎觸及了刀尖。

「妳說吧！」

金花的意外行動，把他也給嚇著了！他朝後退了一步，把尖刀放在桌上：

金花把頭髮理了理，整整衣服，恢復了常態，自己也拉把凳子，坐下。好像才想到似地又站了起來：

「我還沒有給你倒茶哩——」

「有話趕快說吧——別浪費時間！」吳得勝紅著臉，好像每一根汗毛孔都是熱騰騰地，他不斷地搓手、舔嘴唇，好像一頭餓狼似地。她只好重新坐下。

外面一點風聲也沒有，遠近有「紡織娘」的鳴奏聲，室內悶熱得不得了，吳得勝把她的面孔當作綿羊，隨時都有可能會把她撕得粉碎，連一點骨頭渣子也不給剩下來！

「妳別拖延時間了！有話趕快說吧！」

「我這條命也是撿來的！」

「就是這句話？！」

「我們同是家破人亡，在外逃離的人——」

「這不是些廢話！」吳得勝又站了起來，兇狠的樣子像頭野獸。

「我還有兩句話——」

「快說！」

金花急得流出了眼淚，她用手帕一面擦著，一面哽咽地說：

「我的命那麼苦，我已經被你玩弄過，你可知道自己的親妹妹被『八路』怎樣玩弄的！你怎麼沒有讓我有選擇的餘地！我難道不應該有自己的意志！自己的生活！我沒有犯過法！沒有——」

「你——」

「好啦！好啦！妳這個小妖精！」吳得勝走過來一把抓住她，猶如老鷹攫住了小雞。

外面突然有急促的腳步聲。

「趕快放開我！放開！」

「妳——」他使勁地捏住她。

「放開！放開！不然我要叫人了！」

他只好把她放開，把尖刀插在褲帶的刀鞘裡，他低沉而有力地說：

「今天就算饒了妳！」

吳得勝剛剛出去，她把門關緊，身子靠著門，幾乎不能自持。連日來縫補衣服、排練節目，應付熱情的鄰居，還有不相識的參謀，接洽演出的戲碼，晚上累得筋疲力盡，正需要休息的時候，竟來了這麼一頭餓狼！……

她感到頭暈目眩，扶著牆，走到床前，一頭栽下去，便覺得天旋、地轉，一下子昏了過去……。

第二天太陽又出來了，一切又恢復了正常。

「一、二、三——四……」的操練聲，從遙遠的地方傳來。一些下田種菜、澆水的人挑著水桶、扛著鋤頭走了。那些製做木質槍砲的弟兄，新建中山堂——世界上最大的茅屋的人，又在忙碌了。法國兵在外圍巡邏著。

金花請的女工們又來上班了。

「怎麼還沒開門？」

「大概昨天她太辛苦了！」

「開門！開門！……」

「不要叫嘛！」

「怎麼不叫——昨天的衣服還沒縫補好呢——」

她們妳一句我一句地在滴咕著。

「嘩！」門開了。

出來的是金花，也許陽光太刺眼，她手遮著半個臉，頭髮蓬鬆著，好像生場病似地。

「我身體不大舒服，大家下午來，怎麼樣？」

大家互相望了一眼，便點頭示意說：「好、好……」

「金花小姐好好休息吧。」

「不然，我們明天再來也可以。」
「不行，」有位小姐說：「人家要拿衣服的。」
「好吧，那就這樣決定吧！」金花閃開身子，說：「大家進來坐坐吧？」
「不啦！」她們相繼離去。
金花把門關好，回到床上再也無法入睡，一群有說有笑的婦女在她眼膜上出現。她們白天幫忙縫補衣服，賺點金錢貼補家用，回去可以安心地睡覺，再沒有什麼人來打擾，更沒有人去欺負她們。如今，已能吃得飽，高興時，可以聽到自己愛聽的歌曲或戲劇，不願出去消遣，可在家裡安穩地睡一覺。但是，自己呢？錢是有了一點，人也認識了不少，他們以什麼樣的眼光看她？是羨慕她？敬仰她？還是同情她？幫助她？……她不知道。
以前，吳得勝說要幫助她，愛護她，而且是拍著胸膛、發過誓的……但那是一場交易，而且是單方面的、欺騙的、無可奈何地。
「想這些幹嘛！」她的另一個念頭，在腦海裡掠過：「今天的日頭，不是又從海上升起，再升起……昨天的一切，已經死去了、消失了，不再回來了！昨天的一切，猶如一場夢幻。夢醒了，一切又恢復了正常，剩下的唯一願望，就是早一天達到『假道回台』的願望。

*

那天深夜吳得勝回到宿舍門口，遠處已有此起彼伏的鷄啼聲。

「誰？！」有道手電筒的光亮射過來。

他立刻停止了腳步。心裡有些惶恐，是不是有人跟踪著他？為金花抱不平？還是金花請的打手？……

「還沒睡？」是王文正的聲音。

他才把心放了下來，便說：「同幾個朋友聊天，把時間給搞忘了，所以……」

「以後要按時睡覺。」

「是，是……」吳得勝才知道他們是來查夜的。

王文正帶著弟兄們又進了前面的宿舍，才回到床上。

寢室裡鼾聲四起，彼此呼應，睡得那麼酣甜，而自己差點做出一樁滔天的大禍來！

他輾轉覆側，無法入睡……

是的，正如金花所說，她「犯的什麼罪？」、「有了什麼錯？」她與自己有什麼血海深仇？不共載天之恨？！我又不是她的丈夫！就算是她的丈夫，我能夠殺死一個無辜的女人嗎？她和我同樣是一條生命，而且是唯一的——

不過，他又原諒了自己：那是威脅，而不是真的要殺害她。

不會？他彷彿分成了兩個人，另一個人在問他：

「你現在是被涼風吹醒了，恢復了你的人性，歸還你本來的面目。可是，當時，你的熱血沸騰、氣喘如午，手執尖刀，一點人性也沒有了！你唯一的念頭就是佔有她！否則，就是刺死她！不管她是一個柔弱的女人，以技藝娛樂他人、使別人快樂的人，你就要結束她的生命！上帝創造生命，你却毀滅生命！連上帝都不會饒了你！父母生兒育女費盡了多少心血，才把子女扶養成人，你却一刀把人家活生生的殺了！你於心何忍！你於心何忍！……

「如果，在你刀下的是自己的姐、妹，你能刺殺了她？還是忍心地侮辱了她？而自己的姐、妹，正淪陷在大陸上！落到了何人的手裡？……還有自己的父母、親戚、朋友、墳塋……你逃出來是為了啥？父母把你養了這麼大，就是為了殺人？別人要活活地結束你的生命、無緣無故要殺了你，你的感受是怎樣的？……」

他的心跳加快，手心流汗，他感到乾渴，他隔窗遠眺，夜色濛濛，星光點點，除了室內的鼾聲與遠遠的鷄啼聲之外，一切都是寧靜地、安祥地。可是自己的思潮，波濤洶湧，一波一波地衝著他……

「金花未免太固執了，如果，她能像從前驚魂甫定的當兒，對他百依百順，柔順得像頭捲毛獅子狗、溫馴得像伏貼在懷裡的小花貓，那該多好！那不是風平浪靜，一點波折也沒有了嗎？而且，這是女人的看家本領，一點損傷也沒有——就可以成全他人，不像演唱「京韻大鼓」那樣，又是敲，又是打，把人累個半死，那又何苦呢！」

「對！她是為了走紅、為了想成名、為了別人的奉承、喝采、瘋狂的掌聲……看她多神氣！向成千上萬的人招手，向千萬人送飛吻，一個又一個！她刹那間變成了武則天！八仙中的何仙姑，簡直比普渡眾生的觀世音還神氣！……

「女人們神氣點也可以忍耐的，但是偶爾想同她談幾句話，都說：『沒有空。』『隔天吧！』『下次再談吧！』……她究竟好久有『空』？又要『隔』好久？『下次』又是什麼時候？這明明是欺騙我！敷衍我！閃避我嗎！其實你就像天上的星星，閃得再遠我也要把妳摘下來、摔在腳底下，踩得粉碎！我看妳再怎麼去閃亮、去耀眼！我永遠不讓妳再神氣！再出現在萬千人們的面前，我得不到的，大家也休想得到，即使與地球同歸於盡，完全消滅，什麼也沒有了——只剩下無邊的黑暗，像地獄、像鬼門關，也在所不惜！再不然，像一把神火，把任何存在的，都一起燒個精光，再不然，像顆原子彈——更大、更強的，把所有一切都夷為平地！……

他似乎看見了火光，他聽到震耳的聲音……。

他睜眼看看，陽光正從窗外射進來，遠處有嘹亮的軍號吹奏聲、操場上有弟兄們的吶喊聲！一切都恢復正常了。所不正常的是自己，還在做夢，還睡在床上，只有他一個人。

他正在納悶，一隻冰涼的手觸及他的前額。他轉過身來看看，是王文正站在他面前。他想坐起來，卻被他制止住：

「你有些發燒，要不要到診療所看看？」

「不要，」他感到喉乾、舌苦、唇焦，需要點茶水滋潤一下。已是吃早飯的時候了，他感到肚子是空的，卻不想吃東西。他問：

「隊長好久來的？」

「他並沒立即回答他，只是含蓄地笑笑，告訴他：

「生活要正常，不要胡思亂想，有什麼事，可以到我的寢室裡談談。」並且透露：「我們快回台灣了！」

「真的嗎？還要多久？！」他坐了起來。

「也許下個月、或者更長的時間，只要那邊準備工作做好了，就會來接運我們的。」

「你欺騙我？！」

「我怎麼會騙你呢？這只是個時間問題，」王文正囑咐他：「我看你還是到診療所看看，不要小病造成大病！」

他說完就轉身走了。

「你不坐坐？」

這句話簡直是多餘的！他怎麼能在這兒「坐坐」？他幾時有多餘的時間坐下來？在逃難中，他病得幾乎要死，打擺子、拉痢疾、傷勢潰爛，像他這樣的人，能從死神的手裡奇蹟似地活了過來，是他的命大？還是生命力太強？！

自從中山大橋在他的策劃下完成，領導絕食抗議成功，現在又忙著興建中山堂，成為部隊裡的靈魂人物之一，他是一不可思議的人，他對他越來越感到欽佩了。

二十・等待的日子總要來了！

軍中的康樂活動頻繁，簡直比吃飯還重要，每到夕陽西下，大家收工、收操、吃完飯之後，第一件事就是拿個小板凳到戲台口佔個好位子，每次鑼鼓傢伙尚未敲打哩、台子下面就擠滿了愛好戲劇的軍民。戲台上汽燈高懸，飛蛾小蟲都圍著汽燈團團轉，也和台下的觀眾一樣，同樣熱鬧。小孩子跑來跑去，跑上跑下，大家都想爭看後台演員們的真面目和化粧的情形。

各種戲曲的演出，都有他的基本觀眾，除了平劇、河南梆子、越劇之外，那就是由金花演唱，蔡士心伴奏的京韻大鼓了，而且她的聽眾越來越多、越演越盛。不過，蔡志心性情內向，本來不愛在大庭廣眾之下出現，他是屬於抑鬱形的人物，但是遇上明朗、活潑的金花小姐，受了她的影響，也就慢慢變得開朗些了。

由於常常排演戲曲，金花總是笑口常開地去找蔡士心。而且，金花不知託誰給他買來了一具貨真價實的三絃，蟒皮的鼓面、柴檀木的支柱、亮晶晶的旋紐，只要輕輕地撥動琴絃，就會發出清脆、甜潤的音響來，比起第一次演出用的牛皮蒙鼓、濕木，臨時克難而成的樂器來，簡直有雲壤之別，連不苟言笑的蔡士心，也感到稱心如意，沒想到在受苦、受難，連俘虜營都不如的軍營，也能找到這支名貴的三絃，他拿到手裡，抱在懷裡，真是愛不忍釋。

金花看他閉眼、微笑，搖首撥弄琴絃，那種渾然忘我的神情，金花就提醒他：

「別老是做夢了，我還等著你排練、排練呢！」

「哦！對不起！對不起！」

「還滿意嗎？」金花故意逗著他。

「這還用說嗎？當然是滿意呀！」蔡士心微笑說。

看蔡士心那種喜不自勝的樣子，金花不由得也是心花怒放，她不禁暗暗稱讚他：「實在是位好溫和、好儒雅的好好先生！」

有次演練完畢，在大家喝茶、抽煙的空閒時刻，金花忍不住好奇地問起他的身世：「蔡先生，你家裡還有些什麼人？」

蔡士心低下頭，望著窗外，好像有什麼難言之隱，低聲的說：「唉！我家裡什麼人也沒有了。生活在這個天地裡，大家的遭遇都是大同小異，我每天所接觸的，不是病痛，就是死亡……」

他深深地吸口烟，面孔如陷在五里霧中。

「那你除了這些，沒有想到其他的？」

「其他的？！」他有意無意地看了她一眼：「那是以後的事了，現在想又有什麼用呢？」

她有點失望，手裡拿著茶杯子，不知是放下好，還是仰著脖子喝下去？！

「咱們還是練練吧？」

她不得不放下杯子，隨著悠悠的琴聲，唱出了：

「……窈窕淑女把你等，你就該君子好逑奔那西廂……」

＊

吳得勝經過了那次到金花家求歡被拒之後，並沒有就此一了百了；心中老有個疙瘩沒有化解掉，好像有股怨氣沒有平息。平時也有「饒人之處當饒人」的念頭：「和她無冤無仇，已經佔了人家的便宜，何必再跟人家作對呢？」但是，當他看到她和蔡士心的來往愈來愈密切，在一起又彈又唱，有說有笑，他們是那麼快樂、那麼自在，心裡就很不舒服，尤其是他們每到一處演唱，就受到人家的熱烈歡迎和鼓掌，而每一記鼓掌好像鞭笞似地，重重地抽在他的身上、心上，使他難以忍受！因此，心中不禁就會燃起一種報復的火苗，而且隨時都有可能會變成熊熊的烈火。

他知道她的縫衣生意已頂給了別人，並且搬到何家的隔壁，同韋太太住在一起。小英、小蘭喊她「阿姨」，這樣一來，彼此都有個照顧。

本來，他想警告韋太太：「不能收留金花！金花是我以前的『愛人』，現在她又勾搭了別的野男人，是個婊子，妳如果收留她，就有妳的好看的！」

但是，一想到這個鬼女人是個「死心眼！」以前拒絕過他，見了面就把頭甩過去，也不是什麼好惹的，因此三番兩次把要說的話又咽了回去。

不過，他對報復金花的念頭，却始終無法取消，只要金花和蔡士心每到一處演唱，他就像個幽靈似地躲在別人不易發現的地方，在冷眼旁觀，或混在觀眾裡，向台上窺探。凡是別人的鼓掌、歡呼；金花的媚眼、微笑、飛吻……都使吳得勝感到震撼，造成他手上冒汗、心跳不已，甚而搓手、搔頭，恨不能把她撕成碎塊，才能消除他的心頭之恨！

他很想接近她，可是，不是自己被人找了去，就是她被人邀了去，再不然有人陪伴著，總是找不到適當的機會。也許金花已經發覺到，總是提高了警覺，盡量避免單獨行動，常常總是有幾個大男人走在她的前後。那是一種巧合？還是金花故意安排的？就實在叫他想不通了。

＊

日子過得飛快，轉眼之間「雙十國慶」的日子就要到了。陽東中山堂——可供兩千人以上的集會場所恰在那時完工。許多人都去參觀，連法國人都驚奇於這些「叫化子」的「烏合之眾」，居然完成那麼大的工程！雖然都是茅草做的屋頂，但高度有四丈多，每個窗、門、樑、柱都是精選的木材，細緻而堅硬，外面雖是燠熱難當，室內却是極其陰涼而舒適，這是王文正一班人繼陽東中山大橋興建完成之後的又一巨構。所以，許多人都向他道賀，上級長官也紛紛召見他，誇獎他是一位「文武全才、術德兼修」的好幹部！

為了慶祝「雙十國慶」和中山堂的落成，各方面（包括義民村和豫衡中學的師生）都在展開籌備工作，其中有閱兵、運動會、水上操舟、各類球賽，晚上有康樂表演；表演的方式，無論：平劇、越劇、河南梆子、秦腔、四川戲、廣東戲、京韻大鼓、落子、洋琴……每個單位都要演出一齣最拿手的節目來。

因為金花的才藝出眾，號召力很強，王文正另外商請金花：「再增加個特別節目。」

「什麼特別節目？」

「隨便，」王文正說：「不作硬性規定，由妳作主，如果需要些什麼請盡量提出。」

「由我作主——」她歪著頭，仰起面孔，在尋思著：「演唱什麼節目好呢？……有了！」

「可以透露嗎？」

「唔，」金花現出調皮的樣子，故意賣個關子：「天機不可洩露！因為，我還要同蔡先生商量！」

＊

「雙十節」那天，各種活動結束，晚上的各地戲曲大會串，原定「七時半開演」的，一些軍民弟兄都在六時左右，就把中山堂擠得水洩不通，後來的人只有作「壁上觀」了。

當天晚上除了高級長官到場外，還邀請法軍的駐地首長、華僑領袖代表，場內場外安裝了不少汽燈，照得裡裡外外如同白晝一般。一些接待人員忙東忙西，安排座位、招待茶水，每個人都興奮異常，好像為家庭辦一樁天大的喜事一樣！

晚會開始，先是主席頒獎、致詞，接著來賓致詞，最後是法軍首長的致賀詞，他對中國軍民堅毅不拔、披荊斬棘、赤手空拳所創造的奇蹟，表示欽敬不已！話未說完，台下已熱烈鼓起掌來！

接著「平劇研究社」、豫劇、越劇……紛紛登場。輪到金花出場時，人兒尚在幕後，場下已響起了如雷般的掌聲，突然大家的眼前一亮，許多人都站了起來。

原來，金花像一支出水的芙蓉似地，明艷照人，洋溢著青春的活力，尤其右鬢的一枝玫瑰花朵，更顯出她的媚嫵動人。

蔡士心則穿著一襲青衣長衫，反捲白袖，腳穿白襪黑鞋，手持三絃，伴著金花一再向台下行鞠躬禮。掌聲才漸漸停息下來。

接著蔡士心操琴，金花默默含情地站在鼓架旁邊，左手搖動月牙板，右手以棒擊鼓，只聽到：「咚、咚、咚——不不楞咚……」一下子把大家的思緒拉到久遠而古老時代裡……台下數千人一點聲息也沒有了！

吳得勝在台下看得一清二楚，心中的妒火又在慢慢燃燒著。他告訴自己：

「想不到這個小妖精的魔力會有這麼大！如今簡直像仙女！像皇后一般。可是以前在越北的時候，她簡直就是一隻被穿破的綉花鞋，那麼賤呀！

金花的擊鼓已畢，便是「華容道」幾句開場白。

她唱道：「三國紛紛亂兵交，四外裡狼烟滾滾動槍刀，周公瑾定下一條火攻計，諸葛亮他是借東風把曹操的戰船燒……」那個「燒」字的後面，便是一長串抑揚頓挫的尾音，伴和著絲絲入扣的絃聲，「布、布、楞咚……」的鼓聲、「叮叮、噹噹……」的兩片月牙板的擊撞聲，構成了一曲引人入勝的聲調，正是多年來夢寐以來的鄉音，每個人的心絃都起了共鳴。而金花就是共鳴的中心，一條條，一波波，一圈圈地向外展開來，如詩情、如畫意，在每個人的意識裡，形成了萬千彩虹，晶瑩剔透，令人驚異，使人感嘆！一些年紀稍長的太太、先生，無不熱淚盈眶，有些人已經是泫然而淚下了……

金花很能抓住人的心理，在長長的尾音之後，又在密如雨打芭蕉的絃聲裡，敲動著高架扁鼓，緩和一下聽眾們的情緒，便立刻轉入正題。

她唱道：「赤壁官兵那曹操逃了，孔明派兵前去擋曹，他把各路兵將全派到，關公在帳下皺眉梢……」接著她把關公生氣的原因，和孔明訂下的軍令，在華容道擋曹、捉曹、遇曹，本欲擒曹回帳覆命，但曹接受張遼建議，以當年關公受到曹操的禮遇、辭曹、為之餞行霸橋、雨中贈傘，直到關公義薄雲天，放曹。事後，叫關平把自己綁起來，回營接受孔明的軍法制裁……的經過，金花字正腔圓地一一唱做出來，激昂慷慨處，猶如高山滾鼓、委宛曲折處，一如橋水淙淙。時而波濤壯濶，時而萬馬奔騰，時而急流勇退……她硬是把忠孝節義的關公給演活了！

演唱之後的掌聲、喝采聲……簡直要瘋狂了。金花、蔡士心連向大家鞠躬為禮，漲紅了臉，不知說些什麼才好，尤其是蔡士心，這是他平常第一次遇到如此熱烈場面，更是感動不已！台下的聽眾們，仍在拍手鼓躁。……

他們為了答謝觀眾們的熱愛，便改唱了一段武家坡，從「一馬離了西涼界，」一西皮倒板開始，直唱到：「……好一個貞節王寶川，果然為我受熬煎，不騎馬來步下鞍，夫妻們相逢在寒窰前。」為止。大家這才興猶未盡地連連叫好不已。

曲終人散，吳得勝找個地方，把預先買來的烈酒喝個精光，丟下了瓶子，把尖刀插在腰際，直奔義民村。

這時，夜闌人靜，星光暗淡，整個大地除了「啾啾……」的蟲鳴之外，簡直像死了一樣！

「金花！金花！」他心裡不斷呼喚著：「今天是妳的死期！妳永遠不能再和蔡士心在一起了！蔡士心！你小子太絕情了！你不該搶走了我的金花！你能搶到手嗎？你知道我的痛苦嗎？人的忍耐限度嗎？你們的演出，在別人的心目中，是百分之百的成功了！你們多麼驕傲！多麼光榮！甚至神聖！但是對我來說，你們是百分之一千、一萬個失敗了！金花像一具骷髏，在作最後一次的掙扎，妳的每一動作、每一個音節、每一句唱詞……都是死亡進行曲！都是一鏟一鏟的泥土，妳自己在埋葬自己！金花！妳美麗得太殘酷了！妳的每一動作、每一句唱詞，連觀眾們的歡呼、讚美、鼓掌……對我來說，都是千刀、萬劍！一起對準了我！刺殺了我！使我體無完膚！使我的心在噴射鮮血！金花！金花啊！我好痛苦啊！我在世界上一分一秒都是痛苦的！今天、今夜就是我們永訣的時刻！……」

他很容易地找到韋家——何家的隔壁，他推推木門、門是閂住的。

他掏出了尖刀，從門縫裡插進去，悄悄地向右撥動，門閂漸漸鬆動，被撥開了。他向門窩分別解了小便，開門時一點聲息也沒有，便反身閂門，他一步一步向前移動，他的心跳在急劇的增加，他開始動作起來。

他看到一個女人平臥在床上，胸部一下一下地在起伏著，不禁胸中燃燒著烈火，燒呀！燒呀！……他渾身都抽搐著、猛喘著熱氣，像一條發了瘋的野牛！

「誰？！」

他一把摀住她的嘴：「誰？！妳應該比誰都清楚！」

一陣激烈的掙扎過後，逐漸恢復了平靜。

吳得勝的烈火熄滅了，浪濤平息了。一切都恢復了正常，好像什麼事情都沒有發生過似的。

韋家的大門還是掩著的，好像跟上了門閂一樣。

天明的時候。

「媽呀！！！」忽然隔壁韋家小英發生一聲慘叫聲！那種只有在人們失足墜海或在萬丈的懸崖上，一頭跌了下去才會發出那種滅絕人寰的嘶叫聲！令人毛骨悚然，心悸不已！

「小英！小英！」何太太趕快丟下正在搓洗的衣服，奪門而出，推開韋家的大門，陽光射進來，正照著血淋淋的韋太太，小英縮在一旁，渾身顫抖不已。小蘭抱著枕頭、揉眼睛，坐在床上發楞，還不知發生了什麼？也許沒有意識到就是自己的媽！

「何媽媽！……」小英趕快跑過來，緊緊抱住她的身子尖叫著：「我媽，她——」

何太太心知有異，趕快到了韋家，好像突然挨了一記悶棍似地，不由得倒退了好幾步，幾乎癱瘓下來，直覺得天旋地轉，如果不是下意識地扶著門框，她簡直要倒在原地上，她瞪著眼、抽著冷氣，張著嘴，足足有好幾秒鐘，她才漸漸恢復了知覺。一直高喊著：

「不得了啦！不得了啦！韋太太上吊啦！……趕快，趕快來……」

她正在喊叫著，那些準備做工、下田的鄰居們，一起圍了過來，越聚越多。

「哎呀呀！怎麼被殺了！」

「什麼仇恨呀！」

「好人阿，怎麼還會被殺？！」

「是什麼人幹的！……」

他們抱住韋太太。

「趕快請醫生！趕快請醫生！」

「不行！不行！」

「心窩裡還沒涼！」有位太太吩咐圍觀的男人們：「趕快爬上屋頂去叫魂呀！快，快，快！」

這時，屋上已經有些人在敲打著臉盆、銅鍋，大聲吆喝著：「什麼人幹的，太沒有人性了」

「小英的娘，好人沒好報！……」

「小蘭的媽，這是怎麼回事呀！……」

一時各種金屬器皿都拿出來敲打，屋上屋下都是驚慌、喊叫、同情、惋惜的面目，大家都唏噓不已！

韋太太全身上下都是血！有人搖搖頭說：

「趕快捉拿兇手！……」

小英、小蘭都互相摟抱著又哭又叫，滿臉都是淚痕……

小柱子也過來拉拉她們的手，又躲在別人的後面，摀住半個臉向裡面窺探。何太太摟住小英姐妹倆，吩咐鄰居們找村長、幹事，向上級報告。

趕快捉兇手。但大家却開始了議論紛紛。

「奇怪！這樣善良的人怎麼會被殺的？！」

「昨晚上不是還去看戲？！」

「是呀！回來時還是好好的——」

「韋太太平時同人講話，都是輕聲細語地，大家相處那麼久，就沒有一次同人家翻過的白眼，說過不是——」何太太越說越難過，竟又撲漱漱地流下淚來……

「平時，金花不是同她睡在一起的？！」

「是呀！她人呢？！」

「喏！那不是！那不是！」大家都一致望著屋外。金花她一頭亂草似的頭髮，還是昨晚上台穿的銀白色的祺袍，有兩個扣蔑沒扣好，大概是當時睏極和衣而眠地。腳上只穿了一雙涼鞋，就捣住半個臉，好像失魂落魄的憔悴樣子，跌跌撞撞地從人縫裡走進來，一屁股坐在屍體的旁邊，拉住她的手，有氣無力地呼喊著：

「秦大姐！秦大姐！我昨晚叫妳的門，怎麼不替我開開呀！妳，妳，妳……我怎麼對得起妳呀！……妳怎麼這樣悲慘呀！平時，妳有事都是同我商量的，怎麼這次死得好冤枉……」

大家都不知道金花胡亂說些什麼！這與昨晚登台獻唱「風華絕代」風靡全場的金花比較起來，真是不可同日而語！特別是那句「我怎麼對得起你呀？」從何說起？怪不得鄰居們都感到如墜入「五里霧」中！

韋太太生前默默無聞，倒是無辜被殺的消息傳出去以後，大家才知道她叫秦秋枝，本是一位上尉副連長韋再生的太太。她是湖南長沙人，出身望族，她跟韋再生是經自由戀愛而結合。可是她先生的部隊在廣西因戰事失利之後，他們之間就斷絕了音訊。這與隔壁何太太——劉淑惠的遭遇完全相同。

所謂「好事不出門，壞事傳千里」，尤其韋太太頭天還帶著孩子去看戲，第二天天不亮就被殺死了，連軍營裡都傳誦著這件頗為聳動的新聞。

*

當天熄燈號吹奏了以後不久，王文正帶著弟兄查舖，便問陪他的值得官：

「這個空舖位是誰的？」

「吳班長的。」

「哪兒去了？」

「去？——」

「你不知道？！」

「我——」對方猶豫起來：「好像中午還在？」

「吃晚飯時，見了他沒有？」

「好像——？」對方改了口氣：「不過，他是個帶兵官，相信他會回來的。」

「什麼？！你怎麼有這種想法？！」

「這樣好啦，」對方說：「等他回來的時候，叫他到隊長那裡報個到好了？」

「不行！馬上派人找他！」

「是！」對方「刷」地一聲立正的動作。目送著王文正的離去。他忖度了，連忙叫起了兩個沒睡著的弟兄，拿著手電筒，到外面常去的地方轉了一圈，結果也沒有找到吳班長。

第二天早點點名也沒見他，吃早飯沒有他的影子，值星官著急了，趕快跑到大隊部，聽說王文正天不亮就帶著弟兄們分頭出發了。

到了晌午時分，一位頭戴斗蓬、赤著腳、滿臉大汗的漁民，由值星人員陪同來找王文正。漁人還沒有進來，他就立刻迎了出來：

「是不是吳得勝——吳班長的事？！」

「他已經淹死了！」

「果然不錯！果然不錯！唉！」他捶手、跺腳，面孔都漲紅了，額頭上的血管像蚯蚓。

「人在海邊上！已經拉了上來，隊長好久去看看？」

「你們先去！我馬上就來！等等！」他喚住值星官：「派人看看他的枕頭、或者氈子下面、其他的地方，也要看看！」

「是！」門外傳來立正的聲音。腳步聲漸漸離去。

不到一刻功夫，吳得勝的遺書呈了上來，王文正以抖顫的雙手拆開來，上面只有潦草的兩行字：

「隊長：我古（辜）付（負）了你的愛護，我做了錯事，我該死，我對不起韋家！我失敗了！吳得勝絕筆！」

好久死的，連個日期也沒有寫。

信紙滑落在地面上，他沒有覺察到，直楞楞地望著窗外，一句話也沒有說出來。

＊

丁元通開了午飯以後，向弟兄們交代了一聲，脫下圍裙，嘴角照例吊著一只香烟，也照例前往管訓處門前的尋人啟事欄瞄一眼，看看有沒有熟人，尤其是淑惠的吩咐：

「丁大哥，你要常到佈告欄那邊看看。」

「弟妹，我不會忘記的，別的字我可不敢保證，『何文華』三個字，我是刻在心上的，妳儘放心好了！」

劉淑惠總是笑笑，好佩服丁元通的憨厚、老誠。對待小柱子比自己的親兒子還親，一沒事就溜到矮牆外面，看看他打鞦韆、溜滑梯……

「爸！你看我，好棒啊！」

丁元通瞇著眼、含著烟，看著小柱子爬上滑梯，溜下來，兩手高高地舉起來，笑呵呵地的樣子，他比什麼都要高興，連連拍著巴掌：「好、好……」

他一面向前走著，一面笑著小柱子的模樣，還有劉淑惠的託付，都使得他有一種甜甜的感覺。天底下什麼事能比骨肉團圓更快樂！如果，有一天，何文華與劉淑惠能夠與在戰亂中離散，濶別多年的人又能重縫，那該多開心！金花唱過牛郎織女鵲橋會的京韻大鼓，但願有一天劉淑惠和何文華在陽東中山橋相會，非叫金花謅一套現代的「鵲橋會」不可哩！

丁元通的腳步總是慢了一步，當他走到佈告欄邊時，看「尋人啟事」的人，總是圍得「風不透、雨不漏」。

「你們的腿好長啊！」丁元通豎起腳尖乾著急：「二天，我把這塊牌子栽在我廚房裡！」

「你想當飯吃？還是當柴燒？」裡邊有人同他開玩笑，但是看不見面孔，裡面又問他：「你找誰？」

「你不認得。」

「去你的！總該報個姓名嘛！」

「何文華！」

「是你姐夫還是你舅子？」

「放屁！你怎麼罵人！」丁元通把烟屁股一摔，就一付準備要和人打架的樣子。

「喂，喂……不發狠好不好？」對方告訴他：「真是找到了！」

「誰？！」丁元通恢復了原狀，像一堵牆似地壓下來——把人壓得直嚷嚷，他似乎沒有覺察到，只是張著嘴、瞪著眼，一臉的滑稽像，但是很認真。

「你剛才說的誰？」

「何文華！」

「對嘛，人可『何』，文章的『文』，中華民國的『華』？是不是？！」

「對，對……就是他！就是他！」他猛拍裡面人的背脊：「他找誰？」

「讓我看清楚——」稍稍過了一下，便說：「他找劉淑惠；卯金刀的『劉』，賢淑的『淑』，惠是恩惠的『惠』，是不是？」

「是，是，是……是小柱子的二嬸！」

「還有呢！」

「什麼？！」

「一張啟事，兩個人署名。」

「是誰？」

「是韋再生找他太太秦秋枝。」

「說慢點！說慢點！……」

裡面的人、周圍的人，開始嚷嚷著，有人驚奇，有人嫌太擠！太熱！有人要衝出重圍。

對方又把剛才的話加重了語氣，重新說了一遍。丁元通像中了邪似地，用手連連拍著腦殼，大叫著：

「槓上開花！槓上開花！給咱們撕下來！撕下來！……」

「做什麼？」

「這個你不用管啦！」接著他解釋：「我去報喜去！我去報喜去！——人家盼了好多年了！快點撕！快點撕！……」

「喏，『聖旨』！」一張貼了不久的紅條子遞出來，順便帶了一句：「要請客啊！」

「晚上，我給你留根大骨頭！」

「去你的！」

大家都笑了。

丁元通拿著這張「聖旨」，一口氣跑到何家門口，累得上氣接不著下氣，把劉淑惠嚇得面如土色，她看看小柱子、小英姐妹都睡得好好地，但是心裡還是忐忑不安、不知發生了什麼事故。

「什麼事，丁大哥？」

「找到了！找到了！妳看！妳看！……」

她接過紅紙條，看了一眼，便渾身哆嗦起來，把它緊緊地抱在胸口，兩腿一彎，身子矮了半截，眼睛望著天空：

「媽！文華的訊息來得太遲了！」

「二妹，」丁元通兩眼發直，好尷尬的神色，他說：「我是兩條肉腿——可沒有火車、汽車快啊！」

他看她沒有反應，便問：「他們好久要來富國島？」

「是咱們去台灣啊！」

「真的？還要多久？」

「大概就在最近不遠了，如今，不但小柱子找到了叔叔，而且小英姐妹倆也有了爸爸，可惜韋太太沒有福氣，她被吳得勝給一手毀滅了！唉，吳得勝這傢伙真不是人！」

「所以他才會落得個不得好死呀！」丁元通說。

＊

「馬上就要回台灣」的消息愈傳愈盛。

直到有一天在管訓處後面不遠的空地上架設了一座電台的天線，而且由臨時搭建的帆布蓬裡邊，傳出了「滴滴噠噠」的打電報的聲音。

「這個鬼地方是幹啥的？！」丁元通第一次看到、聽到有點納悶，好生奇怪。

「將來要成立火車站。」有人告訴他。

「怪不得有『滴滴噠噠』的聲音──咱們家鄉的火車站就是這樣的。」他想了想：「不對呀！沒修鐵路，先成立個火車站有啥用？再說──」

他看看前前後後、一左一右的營舍，地理位置，園圃什麼的，又懷疑起來：「不對！不對！我去找王文正問問。」

王文正很忙，不是開會，就是陪著些生人到處察看，晚上不在寢室裡。

有一天上午，王文正陪著提手提包的人到了他的廚房，正好他在淘米，一轉臉看見是王文正來啦：

「好傢伙，可見著你啦！」

「什麼事？」

「聽說咱這兒要建火車站啦！」

「建火車站幹啥？」

「是呀！我就是問你呀！」

「沒有這回事！沒有這回事！……」

「那，成立個電台幹啥？」

「唔！」他拍拍丁元通的肩膀：「那是台灣派來的先遣小組，同咱們連絡回台灣的事——」

「哎呀！隊長！」丁元通高興地拍著他的肩膀：「真的？！」

「騙你幹什麼！」王文正拍拍肩上的米糠。丁元通還不知道自己的手髒哩。

他趕快解開圍裙，向弟兄們交代了一聲，一溜烟地跑走了——像個大孩子似地。

王文正看他跑出去，笑了笑。自言自語地說：

「大概去找他的乾兒子。」

從此以後，每當晚飯以後，丁元通帶著小柱子，小英姐妹散步的地方，不是中山大橋，也不是陽東的小村子，也不準備聽戲，而是走得遠遠地去看大海。

「爸，是不是那條船？」

「那條船是漁船，怎麼帶我們回台灣呢？」

「那條大的呢？」小英等小柱子問了以後，又看見了另一條船。

「還是不夠大！」

「大船有沒有我們的房子那麼大？」小蘭眨眨眼，也很認真地提出自己的意見。
「不夠大！」
「比我們的教室呢？」小英問。
「不夠大！」
「比我們的中山堂呢？」
「唔，差不多！」丁元通趕快補充一句：「長度還不夠。」
「那麼大還不夠？！」孩子們都睜大了驚奇的眼睛。
「太陽下山了，咱們回家吧！」
「丁伯伯，你騙人！」小蘭噘起了小嘴。
「我幾時騙過妳？」
「我明明看見太陽，是慢慢落到海裡的！」
「啊！我說錯了！我說錯了！還是小蘭聰明！」
「丁伯伯，我呢？」小英插著腰，仰著脖子，在等待丁元通的回答。
「妳是姐姐，當然妳也聰明。」他看看柱子，便說：「你們都聰明。」
三個小孩腳蹦又跳地，一起高叫著：「我們回家了！」

＊

第一、期回台灣的船期，都在公佈欄裡出現了。大家看看大幅的名單，都是老弱婦孺和病號，有的人跳起床，有的人苦喪著臉。

安靜的義民村，又開始不安了。縫補衣服的婦女都收了生意，那些販賣食品的、香烟的反倒活躍起來。

劉淑惠、金花和些小孩子都是第一批回台灣，消息最初傳出時，大家都非常高興，可是稍稍冷却之後，又有些惆悵和離愁。

只有丁元通還跟平常一樣，不斷地安慰何家大小：

「淑惠，到了台灣，文華會在碼頭上接妳們，一家人總算團圓了！」

「可是，我奶奶呢？」小柱問。

「我去燒香呀！」

「小英、小蘭她們呢？」

「也有她們的爸爸來接呀！」

「可是她們的母親呢？」小柱又在問。

淑惠和丁元通互相看看，都不知道怎麼回答。

「噢！」淑惠蹲下來拉住小柱子的雙手：「她們的母親由老奶奶陪著呀！」

「可是，奶奶老了！」

「那就由韋媽媽陪著她呀！」

＊

要來的日子總是要來的。被三萬多軍民盼望了一千多天的祖國的軍艦，終於在天水之間出現，儘管只有幾個小黑點，但在他們的心目中，比月亮、太陽還要大！比「天老爺」還要大，比整個宇宙還要大！……

釀文學38　PG0658

異域歲月
──李效顏長篇戰爭小說

作　　者　李效顏
責任編輯　林千惠
圖文排版　陳宛鈴
封面設計　王嵩賀

出版策劃　釀出版
製作發行　秀威資訊科技股份有限公司
114 台北市內湖區瑞光路76巷65號1樓
電話：+886-2-2796-3638　傳真：+886-2-2796-1377
服務信箱：service@showwe.com.tw
http://www.showwe.com.tw
郵政劃撥　19563868　戶名：秀威資訊科技股份有限公司
展售門市　國家書店【松江門市】
104 台北市中山區松江路209號1樓
電話：+886-2-2518-0207　傳真：+886-2-2518-0778
網路訂購　秀威網路書店：http://www.bodbooks.com.tw
國家網路書店：http://www.govbooks.com.tw
法律顧問　毛國樑　律師
總 經 銷　聯合發行股份有限公司
231新北市新店區寶橋路235巷6弄6號4F
電話：+886-2-2917-8022　傳真：+886-2-2915-6275

出版日期　2011年11月　BOD一版
定　　價　320元

版權所有・翻印必究（本書如有缺頁、破損或裝訂錯誤，請寄回更換）
Copyright © 2011 by Showwe Information Co., Ltd.
All Rights Reserved

Printed in Taiwan

國家圖書館出版品預行編目

異域歲月：李效顏長篇戰爭小說 / 李效顏著.
-- 一版. -- 臺北市：釀出版, 2011.11
面； 公分. -- (語言文學類；PG0658)
BOD版
ISBN 978-986-6095-54-2(平裝)

857.7 100019336

讀者回函卡

感謝您購買本書，為提升服務品質，請填妥以下資料，將讀者回函卡直接寄回或傳真本公司，收到您的寶貴意見後，我們會收藏記錄及檢討，謝謝！

如您需要了解本公司最新出版書目、購書優惠或企劃活動，歡迎您上網查詢或下載相關資料：http:// www.showwe.com.tw

您購買的書名：________________________________

出生日期：________年________月________日

學歷：□高中（含）以下　□大專　□研究所（含）以上

職業：□製造業　□金融業　□資訊業　□軍警　□傳播業　□自由業

□服務業　□公務員　□教職　□學生　□家管　□其它_____

購書地點：□網路書店　□實體書店　□書展　□郵購　□贈閱　□其他

您從何得知本書的消息？

□網路書店　□實體書店　□網路搜尋　□電子報　□書訊　□雜誌

□傳播媒體　□親友推薦　□網站推薦　□部落格　□其他__________

您對本書的評價：（請填代號　1.非常滿意　2.滿意　3.尚可　4.再改進）

封面設計____　版面編排____　內容____　文／譯筆____　價格____

讀完書後您覺得：

□很有收穫　□有收穫　□收穫不多　□沒收穫

對我們的建議：________________________________

____

____

____

請貼
郵票

11466
台北市內湖區瑞光路 76 巷 65 號 1 樓
秀威資訊科技股份有限公司 收
BOD 數位出版事業部

（請沿線對折寄回，謝謝！）

姓　　名：＿＿＿＿＿＿＿＿　年齡：＿＿＿＿　性別：□女　□男

郵遞區號：□□□□□

地　　址：＿＿＿＿＿＿＿＿＿＿＿＿＿＿＿＿

聯絡電話：(日)＿＿＿＿＿＿＿＿＿＿ (夜)＿＿＿＿＿＿＿＿＿＿

E-mail：＿＿＿＿＿＿＿＿＿＿＿＿＿＿＿＿